Paradise

Simone Elkeles

Simone Elkeles est née en 1970 à Chicago. Elle a suivi des études de psychologie à l'université de l'Illinois et obtenu un master à l'université de Loyola. Auteur de séries à succès, elle a gagné plusieurs prix pour son travail, et ses romans se classent parmi les meilleures ventes aux États-Unis.

Du même auteur :

- Irrésistible alchimie - Tome 1
- Irrésistible attraction - Tome 2
- Irrésistible fusion - Tome 3

L'édition originale de cet ouvrage est parue aux Éditions Flux, une marque de Llewellyn Publication, sous le titre *Leaving Paradise*.

SIMONE ELKELES

Paradise

Traduit de l'anglais (États-Unis)
Par Sylvie Del Cotto

À Brett, dont la seule présence
suffit à embellir mes journées.

1

CALEB

J'ai attendu ce moment pendant un an. C'est vrai qu'en prison les occasions de sortir ne se présentent pas tous les jours. Au Monopoly, il suffit de lancer trois fois les dés en espérant faire un double, ou de payer l'amende pour être libre. Mais ici, à l'Établissement Pénitentiaire pour Mineurs de l'Illinois – l'E.P., comme on l'appelle –, on ne joue pas.

Oh ! il y a pire. Ok, dans le secteur réservé aux garçons, on ne rigole pas tous les jours. Mais je crois que ce n'est rien comparé à ce qui se passe du côté des adultes. Pourquoi je suis incarcéré depuis un an ? Parce que j'ai renversé une fille avec ma voiture, alors que j'étais en état d'ivresse. Et comme j'ai pris la fuite après l'accident, le juge m'a collé trois mois de plus.

– Tu es prêt, Caleb ? demande Jerry, un des gardiens.
– Oui, monsieur.

J'attends ce moment depuis trois cent dix jours ! Tu parles si je suis prêt.

J'inspire à fond et suis Jerry jusqu'à la pièce où m'attend le comité de révision. Mes compagnons de cellule m'ont fait répéter : *Assieds-toi, tiens-toi droit, l'air plein de remords, reste poli…* Bref, le grand jeu. Mais je me demande si on peut se fier à des détenus qui n'ont pas encore obtenu le droit de sortir.

Jerry ouvre la porte de la salle et je me sens faiblir. Les muscles de mes jambes sont sur le point de m'abandonner. Une sueur froide envahit mon bleu de travail prêté par l'État, mes chaussettes prêtées par l'État et, je l'avoue, mon slip de l'État. Et si je n'étais pas tout à fait prêt, finalement ?

– Veuillez vous asseoir, Caleb, ordonne une femme à lunettes, l'air sévère.

La scène a l'air de sortir d'un mauvais film. Sept individus me font face, assis derrière des tables de deux mètres de long, en ligne devant une unique chaise métallique.

Obéissant, je m'installe sur le métal froid et dur.

– Comme vous le savez, nous allons juger votre capacité à quitter l'établissement pour vivre en citoyen responsable.

– Oui, madame, je le sais et je suis prêt à sortir.

Un type balaise, qui se prend pour le méchant, m'interrompt d'un geste.

– Holà ! du calme ! Nous avons quelques questions à vous poser avant de prendre une décision.

Ça commence mal.

– Désolé, monsieur.

Le Balaise étudie mon dossier, une page après l'autre.

– Parlez-moi de la nuit de l'accident.

De toute ma vie, c'est la seule que je rêve d'effacer pour de bon. Rassemblant tout mon courage, je me lance :

– Je suis allé à une soirée et j'ai trop bu. J'ai voulu rentrer chez moi en voiture, mais j'ai perdu le contrôle de mon véhicule. Quand j'ai compris que j'avais percuté quelqu'un, j'ai paniqué et je suis retourné à la fête.

– Connaissiez-vous la fille que vous avez renversée ?

Soudain, les souvenirs m'assaillent.

– Oui, monsieur. Maggie Armstrong… ma voisine.

C'était la meilleure amie de ma sœur jumelle, mais je préfère ne pas en parler.

– Et vous n'êtes pas descendu de voiture pour voir si votre voisine était blessée ?

Je me tortille sur ma chaise, mal à l'aise,

– J'imagine que je n'avais pas toute ma tête.

– Vous imaginez ? intervient un autre membre du comité.

– Si je pouvais revenir en arrière, je vous promets que je le ferais. Je changerais tout.

Ils occupent la demi-heure suivante à me bombarder de questions, et mes réponses jaillissent d'elles-mêmes. Pourquoi j'ai bu avant l'âge autorisé ? Pourquoi j'ai conduit en état d'ivresse ? Pourquoi j'ai fui la scène de l'accident ? Pendant tout ce temps, je me demande si je réponds juste, et je stresse. Dans le fond, je ne fais rien d'autre qu'être moi-même : Caleb Becker, dix-sept ans. S'ils me croient sincère, j'ai une chance d'être relâché plus tôt que prévu. Dans le cas contraire... eh bien, il me restera six mois de bouffe merdique à partager avec mes colocataires de l'E.P.

Le Balaise me regarde droit dans les yeux.

– Qu'est-ce qui nous dit que vous n'allez pas recommencer à vous enivrer ?

Redressant le dos, je fixe tour à tour chacun des membres du comité.

– Ne le prenez pas mal, mais je n'ai aucune envie de revenir. J'ai commis une grave erreur, et elle me hante jour et nuit depuis mon incarcération. Je vous en prie... laissez-moi rentrer chez moi.

Pour la première fois de ma vie, je suis prêt à supplier quelqu'un à genoux.

– Caleb, veuillez sortir, le temps que nous prenions notre décision, ordonne la femme à lunettes.

Et voilà. C'est fini.

Je n'ai plus qu'à patienter dans le couloir. D'ordinaire, je ne panique pas facilement, d'autant que l'année que je viens de passer derrière les barreaux m'a endurci ; c'est comme si je gardais toujours une armure sur moi. Seulement, cet interrogatoire m'a épuisé et je suis à bout de nerfs. La sueur perle sur mon front. Je l'essuie d'un geste de la main.

– Allez, ne t'en fais pas ! Si tu n'as pas réussi à les convaincre, tu auras une autre chance dans quelques mois, lance Jerry.

– Super, marmonné-je, sans me sentir rassuré le moins du monde.

Amusé, Jerry se met à glousser. Les menottes qui brillent à sa ceinture cliquètent à chaque secousse. À mon avis, ce type prend son travail trop à cœur.

Une demi-heure passe. J'ai les yeux rivés sur la porte, à l'affût du moindre indice. Vont-ils décider de me libérer ? Ou vais-je devoir rester en prison ?

J'en ai marre de passer mes nuits enfermé dans une cellule.

Marre de dormir dans des lits superposés, des ressorts enfoncés dans le dos.

Et j'en ai assez d'être surveillé en permanence par des gardiens, des employés, des caméras, et d'autres prisonniers.

Soudain, la femme à lunettes ouvre la porte.

– Caleb, vous pouvez entrer.

Zut, elle n'a pas le sourire. Je m'attends au pire. Quand je me lève, Jerry me frotte le dos. Par pitié ? Sait-il quelque chose que j'ignore ? Stop ! Le suspense me fait perdre les pédales.

Je retourne m'asseoir sur la chaise métallique. Tous les regards se posent sur moi. C'est le Balaise qui prend la parole, les mains croisées sur la table :

– Nous sommes tous d'accord pour dire que vous avez commis une grave faute et que vous avez mérité votre emprisonnement.

– Ça, je le sais. Et mieux que personne.

– Mais nous pensons qu'il s'agissait d'un incident isolé qui ne se reproduira pas. Vous avez fait preuve de compétences pour encadrer les autres prisonniers et vous avez travaillé dur aux tâches qui vous ont été confiées. Le comité de révision a donc décidé de vous libérer. Vous terminerez votre peine en effectuant cent cinquante heures de travaux d'intérêt général.

J'ai bien compris ?

– Libéré ? Je peux partir d'ici ?

– Dès demain matin, vous rencontrerez votre éducateur de transition. C'est lui qui organisera vos travaux d'utilité collective et qui nous transmettra des rapports réguliers sur votre comportement.

Un autre membre du comité pointe un doigt manucuré dans ma direction.

– Si vous faites des histoires, votre éducateur pourra demander au juge de vous renvoyer ici. Et vous y resterez jusqu'à la fin de votre peine. Est-ce bien compris ?

– Oui, monsieur.

– Nous tolérons mal les récidivistes, vous savez. Rentrez chez vous, faites vos heures de service d'intérêt collectif, et soyez un bon citoyen.

Oui, ça va, j'ai entendu !

– C'est d'accord, dis-je.

Dans ma cellule, il n'y a que le petit nouveau pour m'accueillir. Il a douze ans, et il n'arrête pas de pleurer. Il aurait peut-être dû réfléchir un peu avant de planter un couteau dans le dos d'une fille qui refusait de danser avec lui.

– Dis, tu ne t'arrêtes jamais de pleurnicher ?

– Je déteste cet endroit. Je veux rentrer chez moi, bredouille-t-il, le visage enfoui dans son oreiller.

J'enfile mes bottes car aujourd'hui, j'ai l'honneur de nettoyer les bennes à ordures.

– Ouais, moi aussi. Mais tu n'as pas le choix, alors autant t'y faire et suivre le programme.

Le gamin se redresse, renifle et s'essuie le nez du plat de la main.

– Tu es ici depuis combien de temps ? demande-t-il.

– Presque un an.

Il recommence à chialer :

– Je ne veux pas rester enfermé pendant un an.

Arrive Julio, un autre compagnon de chambre.

– Franchement, Caleb, si ce gosse ne la ferme pas, je vais le tuer. Ça fait trois nuits que je ne dors pas à cause de lui.

– Fiche-lui la paix, Julio. Ce n'est qu'un gamin.

– Tu es trop gentil, Caleb. Faut l'endurcir, justement !

– Pour qu'il devienne comme toi ? Ne le prends pas mal, mais tu ferais peur à un tueur en série.

Julio a l'air d'un vrai coriace avec son crâne rasé et ses tatouages dans le cou, dans le dos, et sur les bras.

– Alors ? Ils te laissent sortir ? demande-t-il.

Je m'assieds sur mon lit.

– Ouais. Demain.

– Putain de veinard. Tu vas retourner dans ce bled au nom bizarre ? Comment ça s'appelle, déjà ?

– Paradise.

– Et moi je vais rester ici avec le pleurnichard pendant que tu seras à Paradise ? Enfoiré !

Il fixe le gosse de ses gros yeux écarquillés. Si je ne connaissais pas Julio, moi aussi j'aurais la trouille. Le gamin se remet à geindre et Julio ricane.

– Je vais te donner le numéro de mon cousin Rio, à Chicago. Si jamais tu veux te barrer de chez toi et que tu ne sais pas où aller, il pourra toujours te dépanner.

– Merci, c'est sympa.

– Allez, à plus, *amigo*, dit-il avant de quitter la cellule sans fermer la porte.

Je pose une main sur l'épaule du gamin qui recule brusquement, effrayé.

– Je ne vais pas te faire de mal.

– C'est ce qu'ils disent tous ! J'ai entendu parler de ce qui se passe dans les prisons, déclare-t-il en rapprochant ses fesses du mur.

– Quel vantard ! Tu n'es pas du tout mon genre. Je préfère les filles.

– Et le gars aux tatouages ?

Je me retiens d'éclater de rire.

– Il est hétéro, lui aussi. Tu sais, c'est un centre pour mineurs ici.

– Mais il a dit qu'il allait me tuer !

– S'il a dit ça, c'est parce qu'il t'aime bien. Maintenant, sors de ce lit, arrête de pleurnicher et file au groupe, dis-je pour l'apaiser, en songeant à Julio et à son sens de l'humour tordu.

Le groupe, c'est le petit nom de la thérapie de groupe. Tous les prévenus doivent y aller pour y raconter leurs problèmes persos, assis en cercle.

Mais moi, demain, je me tire d'ici. Fini le groupe. Finis les compagnons de cellule. Finie la bouffe infecte. Finies les bennes à ordures sales.

Demain, je rentre chez moi.

2

MAGGIE

Selon moi, les kinés doivent vraiment aimer leur boulot. Sans ça, comment supporteraient-ils de passer leur temps à faire transpirer des éclopés grimaçant de douleur ?

Fidèle à lui-même, Robert, mon kinésithérapeute, m'attend avec son large sourire aux dents blanches dans la salle d'attente de l'hôpital de jour.

– Salut, Maggie ! Tu te sens prête à faire travailler cette jambe ?

Pas vraiment.

– Je crois, dis-je en baissant les yeux.

Robert fait tout son possible pour m'aider à retrouver l'usage de ma jambe. Mais à quoi bon s'acharner à faire fonctionner un membre pourri de l'intérieur ? Mon chirurgien orthopédique l'appelle, en blaguant, ma « jambe bionique ». Ma dernière opération, destinée à réparer une fracture du plateau tibial, a duré plus de sept heures.

– C'est maintenant qu'il faut travailler dur, si tu veux que tes efforts paient, m'encourage-t-il.

Sans faire de commentaire, je pousse plus fort sur mon pied. Au bout d'un moment, il se recule et repose ma jambe. Ouf, c'est fini !

– Super ! À présent, garde les jambes droites, et plie-les chacune leur tour.

Je préfère commencer par la jambe droite, qui a moins souffert de l'accident. Elle a bien cicatrisé, sans laisser de marques apparentes.

Au moment de passer à la jambe gauche, un poids imaginaire me retient. Cette impression me force à plier le genou au ralenti. Je suis en nage, comme un marathonien. Si je devais résumer en un mot ma vie de jeune fille de dix-sept ans je choisirais : « navrante ».

– Encore un effort, demande Robert au moment où je m'apprête à reposer mon pied. Sur une échelle de un à dix, quelle est l'intensité de la douleur ?

Alors que je suis sur le point de répondre « neuf », son téléphone sonne.

– Vous ne répondez pas ?

– Jamais quand je suis en consultation. Continue à plier les jambes, Maggie.

– C'est peut-être important, dis-je, pleine d'espoir.

– Dans ce cas, on me laissera un message. Le Dr Gerrard m'a informé que tu devais nous quitter en janvier, dit-il tandis que je repasse à l'autre jambe.

– Eh oui ! J'ai obtenu une bourse pour aller étudier en Espagne pendant six mois.

Robert siffle, admiratif.

– L'Espagne ! Quelle chance tu as !

De la chance ? Tu parles. Quand on a de la chance,

on ne se fait pas renverser par une voiture et on n'a pas à subir des séances de rééducation éprouvantes. Les chanceux n'ont pas des parents divorcés, ni un père qu'ils ne voient qu'une fois par an. Les chanceux ont des amis. Tout compte fait, je trouve que je suis la personne la moins chanceuse de l'univers.

Ma séance de torture se poursuit pendant vingt minutes. L'envie de m'enfuir me démange, mais je sais que ce n'est pas terminé. Robert boucle toujours ses séances de rééducation par un massage. J'enlève mon pantalon de survêtement avant de m'asseoir sur la table métallique, en short.

– Est-ce que la rougeur s'estompe ? demande Robert en appliquant une crème sur ma peau à l'aide de ses mains gantées.

– Je ne sais pas. Je n'aime pas les regarder.

En fait, je fais tout pour éviter de voir les cicatrices de ma jambe gauche. On dirait qu'un enfant de deux ans s'est amusé à dessiner dessus au feutre rouge. En réalité, ce sont les séquelles des nombreuses opérations que j'ai dû subir après mon accident provoqué par Caleb Becker.

Je fais mon possible pour éviter de penser à Caleb, mais ce n'est pas brillant. Il habite mon cerveau comme un cancer. Un bon point dans ce tumulte ? Je ne fais plus de cauchemars liés à l'accident. Ils m'ont poursuivie pendant six mois, mais c'est passé.

Comme je hais Caleb ! Et je hais le mal qu'il m'a fait. Ma seule joie, c'est de le savoir loin d'ici, en prison. Si j'y réfléchissais, si je l'imaginais là-bas, je serais capable de me sentir coupable. Alors j'évite d'y penser. Je me débrouille pour continuer à avancer, cahin-caha, en faisant abstraction du fait qu'à cause de lui ma vie est devenue un véritable enfer.

Même quand il me masse, Robert me fait mal et m'arrache des grimaces.

– Ça ne devrait pas te faire mal.

– Ça ne fait pas mal.

Pas physiquement, en tout cas, mais je n'aime pas qu'on touche mes cicatrices. Moi-même, le simple fait d'y toucher me donne la nausée.

Robert se penche pour examiner mon mollet.

– Les traces les plus rouges finiront par s'estomper. Sois patiente.

La séance terminée, pendant que j'enfile mon pantalon de survêtement, Robert prend des notes dans mon dossier. C'est le champion du stylo fou : il écrit plus vite que je ne parle.

– Qu'est-ce que vous écrivez ? dis-je avec inquiétude.

– Je note quelques remarques sur tes progrès. Je vais demander au Dr Gerrard de venir nous rendre une visite lors de notre prochaine séance, la semaine prochaine.

Pas de panique, Maggie.

– Pourquoi ?

– J'aimerais qu'on passe au niveau suivant.

– Vous m'inquiétez…

Robert me tapote dans le dos.

– Ne t'en fais pas, Maggie ! C'est simplement pour

mettre au point un programme de rééducation que tu puisses suivre en Espagne, sans moi.

De la rééducation en Espagne ? Ce n'est pas exactement ce que j'avais imaginé... Cependant, je ne dis rien à Robert, préférant lui adresser un triste sourire.

Après la séance, je me rends chez Tante Mae, le restaurant où ma mère travaille depuis que mon père est parti, il y a deux ans. Heureusement que son patron, M. Reynolds, est gentil : il lui a accordé tous les jours de congé dont elle avait besoin pour venir me voir à l'hôpital. Nous ne sommes pas riches, mais, au moins, nous avons un toit et les petits plats de chez Tante Mae pour nous remplir l'estomac.

Dès qu'elle me voit à une table, ma mère va chercher mon repas à la cuisine. Je m'apprête à ouvrir un livre quand, en levant les yeux, j'aperçois Danielle, Brianne, et ma cousine Sabrina qui entrent dans le restaurant. C'est terrible, elles sont tellement... parfaites.

Avant, j'étais amie avec Danielle et Brianne. Leah Becker et moi passions tout notre temps libre avec elles. Nous faisions partie de l'équipe de tennis du Centre sportif de Paradise et nous étions devenues inséparables. Sabrina était à part, car elle ne pratiquait aucun sport. Je me souviens que maman me poussait souvent à l'inviter à se joindre à nous.

L'accident a mis Paradise sens dessus dessous. On peut dire que le paradis est devenu un enfer, ce soir-là. En me renversant, Caleb ne s'est pas contenté de me broyer la jambe. Ah, non ! Dans la foulée, il a également anéanti l'amitié qui m'unissait à sa sœur jumelle, Leah, ainsi que celle qui liait maman à sa mère. Avant, les portes de nos maisons étaient constamment ouvertes ; à présent, il y a comme un mur invisible qui nous sépare.

Au début, j'étais trop occupée pour que Leah me manque. À l'hôpital, mon téléphone sonnait sans cesse et ma mère devait me demander d'abréger les conversations pour que je puisse me concentrer sur les soins. Puis, peu à peu, la sonnerie s'est faite plus rare et, au bout de quelques mois, je n'ai plus reçu aucun coup de fil. Chacun a repris sa vie, alors que j'étais cloîtrée chez moi.

Dans les premiers temps de ma convalescence, Sabrina passait encore me raconter les potins du lycée. Mais ensuite, ma cousine est devenue l'amie intime de Brianne et de Danielle, ce que j'ai du mal à comprendre étant donné qu'avant l'accident elles la remarquaient à peine.

Jamais je n'oserais demander des nouvelles de Leah à Sabrina… et Sabrina ne propose jamais de m'en donner. En somme, c'est de ma faute si le frère de Leah est en prison. Elle m'en veut à mort, c'est certain. En l'espace d'une nuit, nous sommes passées du statut de meilleures amies du monde à celui d'étrangères.

À chaque fois que je pense à la reprise des cours, lundi prochain, mon cœur fait des sauts périlleux. Il faut dire que j'ai passé l'essentiel de mon année de première à la maison à cause d'une infection qui s'était développée dans ma jambe suite à la première opération. À présent, je m'apprête à entrer en terminale et je ne sais pas ce qui va être le plus difficile : sortir de chez moi ou aller affronter tous les autres élèves ? Et si je croisais Leah ? Que pourrais-je bien lui dire ?

Dans l'immédiat, j'ai envie de me cacher sous la table.

C'est alors que maman surgit de la cuisine, mon repas à la main. Son regard s'illumine quand elle aperçoit Danielle, Brianne et Sabrina.

– Salut, les filles ! Maggie, regarde qui est là ! Tes amies et ta cousine !

Elles lui sourient hypocritement, mais ma mère ne remarque rien. Je leur adresse un petit signe d'une main molle avant de fixer un coin abîmé de la table, en espérant que ma mère saisisse le message.

– Venez donc vous asseoir avec Maggie ! Elle est toute seule.

Pourquoi n'ajoute-t-elle pas que je suis une ringarde, tant qu'elle y est ? Les filles se consultent du regard avant de hausser les épaules.

– D'accord.

À quoi bon faire semblant d'être amies et jouer les faux culs ? Cela n'a aucun intérêt !

– Salut, dis-je alors que maman pose devant moi mon menu préféré : sandwich chaud au rôti de bœuf, soupe de pois cassés et frites arrosées de jus de viande.

– Madame Armstrong, vos sandwichs doubles ont l'air délicieux, dit Brianne. Qu'est-ce que vous proposez ?

Les filles ricanent tandis que je glisse un peu plus sous la table. Sans ciller, ma mère leur sert son baratin.

– Nous avons dinde et bacon avec une couche de salade, tomates, mayonnaise et notre sauce spéciale. Nous avons également rôti et fromage. Tous deux sont servis avec deux tranches de pain au milieu.

Danielle a la mine de quelqu'un qui va vomir.

– J'ai les artères qui se bouchent rien qu'en entendant parler de tout ce cholestérol.

– Oublie le cholestérol, intervient Sabrina. Deux tranches de pain ? C'est le royaume du gluten !

Depuis quand ma cousine se préoccupe-t-elle du gluten ? Je baisse les yeux vers mon assiette : gluten et cholestérol à volonté !

– Je vais prendre un Coca light et une salade de crudités, madame Armstrong, affirme Brianne.

– Moi aussi, poursuit Sabrina.

– La même chose, reprend Danielle.

– Comme sauce, je vous propose vinaigrette à l'huile d'olive, sauce au bleu, mayonnaise à l'oignon, italienne allégée…

– Huile d'olive pour moi. À part, demande Sabrina.

Danielle fronce ses sourcils épilés, sous l'effet d'une intense concentration.

– Pas de sauce, finit-elle par déclarer.

Pas de sauce ? Qu'est devenue la fille qui se goinfrait de frites et de pizzas ? Un an d'absence, et je suis larguée.

Ma mère s'éloigne pour passer la commande en cuisine, me laissant seule avec ma cousine mangeuse de salade, mes ex-amies... et mon sandwich au rôti, ma soupe de pois, mes frites et mon jus gras. Je suis arrivée la faim au ventre, et j'ai perdu l'appétit avant même d'avoir commencé.

Brianne farfouille dans son sac à main pour en extirper un miroir de poche.

– Tu me le passeras quand tu auras fini ? demande Sabrina.

La glace entre les mains, ma cousine tente de vérifier l'arrière de sa tête. Avec un seul miroir, c'est bien évidemment mission impossible, mais je me garde bien d'intervenir.

– Que fais-tu, Sabrina ? demande Danielle.

– Il faut vraiment que je me fasse couper les cheveux avant demain, non ?

Danielle éclate de rire.

– Du calme, les filles ! C'est une soirée, pas le bal du président !

– C'est quoi, cette soirée ? dis-je en m'en voulant déjà à mort d'avoir posé la question. Car de toute évidence, je ne suis pas invitée. Et pourquoi suis-je intervenue puisque, de toute façon, je n'ai aucune envie de sortir ? Maintenant, elles vont penser le contraire !

– C'est pour fêter la rentrée. Ça se passe chez Brian Newcomb.

Plus rapide que l'éclair, ma mère revient avec trois Coca light, et une part de tarte géante pour moi. Pile à ce moment crucial, évidemment.

– Oh, il y a une fête ? Maggie a tellement besoin de sortir, n'est-ce pas, trésor ?

Je m'enfourne un gros morceau de sandwich dans la bouche pour éviter d'avoir à répondre.

– Tu peux venir, Maggie, si ça te dit, avance ma cousine.

Si elle m'invite, c'est uniquement par pitié. Je le lis sur son visage. Mais non, je n'irai pas. C'est décidé. Mon seul problème est de l'annoncer à ma mère sans repousser ouvertement mes généreuses amies.

Je mâche lentement, en prenant tout mon temps.

Avant l'accident, j'étais une élève de seconde comme les autres et jouais dans l'équipe de tennis du lycée. Maintenant, j'entre en terminale et je n'aurais même pas le niveau nécessaire pour jouer contre une collégienne. Plus jamais je ne mettrai de jupe de tennis ! Plutôt mourir que de montrer les cicatrices ignobles qui recouvrent ma jambe.

Tout en vidant ma bouche, je m'aperçois qu'elles attendent ma réponse.

– Euh…

Sincèrement, leur amitié ne compte plus à mes yeux. Mais j'ai envie de faire plaisir à ma mère. Je lui ai causé tant de soucis depuis le divorce, et c'est encore toujours elle qui me pousse à aller de l'avant. Comment ne pas culpabiliser ? Ça m'arrache la bouche, mais je le dis quand même :

– Super, on va bien s'amuser.

D'un côté, ma mère soupire de soulagement ; de l'autre, les filles ont le souffle coupé.

– Tu pourrais passer la prendre ? demande maman à Sabrina.

– Pas de problème, tante Linda, répond celle-ci.

J'ai l'impression d'être une gamine avec sa mère qui lui organise une après-midi de jeux chez une copine.

– À quelle heure ? poursuit maman.

– Vers vingt heures, je pense.

– Formidable ! s'exclame ma mère comme dans une pub pour des céréales super vitaminées.

Il faut que j'arrive à me débiner sans qu'elle l'apprenne. Il est hors de question que j'aille à cette soirée, où tout le monde me dévisagera, bouche bée. Je vais me sentir suffisamment ridicule lundi, en retournant au lycée.

Maman apporte les salades et s'éloigne.

– Tu connais la grande nouvelle ? me demande Brianne d'un air narquois.

Une grande nouvelle ? On ne peut pas dire que j'aie pris part aux ragots, ces temps-ci.

– Caleb Becker a obtenu une libération anticipée. Il sera là demain.

– Pardon ?

Danielle plonge sa fourchette dans sa sauce avant d'embrocher une feuille de laitue.

– Mme Becker a appelé ma mère aujourd'hui pour lui dire. Je me demande s'il va être autorisé à retourner en cours.

Libération anticipée ? Il devait rester enfermé pendant encore six mois. J'avais prévu d'être partie en Espagne quand il rentrerait. Une douleur intense m'enserre la poitrine et me poignarde les côtes à chaque respiration. Mes doigts tremblent. C'est une minicrise de panique, et je dois absolument la dominer si je ne veux pas avoir l'air ridicule.

– Ça va, Maggie ? me demande Sabrina en me voyant repousser ma tarte.

En fait, ça pourrait difficilement aller plus mal.

3

CALEB

Pendant tout le trajet, de Saint-Charles à Paradise, mon père garde les yeux posés sur moi, sans la moindre expression. Ma mère, elle, se tord nerveusement les mains en regardant droit devant elle.

Bon sang, mais qu'est-ce qu'elle attend de moi ? Si seulement elle pouvait cesser de me rappeler à chaque seconde que je suis un mauvais fils.

Au moment où nous prenons Masey Avenue, Paradise Park s'ouvre devant nous. C'est le jardin public où j'ai perdu mes deux dents de devant, à l'âge de cinq ans, et où je me suis battu pour la première fois, quand j'avais neuf ans. C'était la belle époque !

Un pâté de maisons plus loin, nous atteignons notre demeure en brique, à deux niveaux, avec ses quatre piliers blancs encadrant l'entrée. Je sors de la voiture en prenant une profonde inspiration.

Je suis à la maison, enfin.

– Bon, alors… bienvenue à Paradise, entonne mon père en ouvrant la porte.

J'approuve d'un signe de tête, quoique cette phrase d'accueil me semble terriblement banale. J'entre lentement. Dans le hall, rien n'a changé. La décoration est restée identique. Pourtant, je ne me sens pas chez moi.

– Je, euh, vais monter dans ma chambre.

Un peu plus et je demandai l'autorisation. Un réflexe hérité de la prison, sans doute.

Je monte quelques marches, mais je ne me sens pas bien. J'étouffe. Je transpire. Je poursuis ma lente progression en scrutant le couloir quand, soudain, une forme arrête mon regard. Une apparition noire appuyée contre la porte de la chambre de ma sœur.

Minute…

Cette sombre vision, c'est bien elle. C'est ma sœur jumelle, Leah, en chair et en os. Intégralement vêtue de noir. Ses cheveux sont noirs, tout comme son maquillage. Dingue, elle a même du vernis à ongles noir ! Elle est devenue gothique jusqu'au bout des ongles. Un frisson me parcourt. Est-ce vraiment ma sœur ? On dirait un cadavre…

Sans me laisser le temps de reprendre mes esprits, Leah me saute au cou. Soudain, d'énormes sanglots jaillissent de sa bouche et de son nez, et je ne peux m'empêcher de songer à mon camarade de cellule.

Quand le juge Farkus m'a annoncé, d'un air dégoûté, que j'allais être enfermé pendant près d'un an pour ma terrible négligence et ma stupide conduite en état d'ivresse, je n'ai pas bronché. Quand les gardiens m'ont ordonné de me déshabiller pour pratiquer une fouille complète, je me suis senti humilié comme jamais ; et lorsque Dino Alvarez, membre d'un gang des quartiers sud de Chicago, m'a plaqué dans un coin dès mon deuxième jour à l'E.P., j'ai failli faire dans mon froc. Pourtant, pas une seule fois je n'ai pleuré.

Je caresse affectueusement la tête de ma sœur ; qu'est-ce que je pourrais faire de plus ? Je n'ai quasiment eu aucun contact physique pendant un an. Et à présent, alors que j'ai l'occasion de serrer ma sœur dans mes bras, on dirait que tous les murs se referment sur moi.

– J'ai besoin de m'allonger un moment, dis-je en la repoussant délicatement.

Ce dont j'ai surtout besoin, c'est d'oublier le fossé qui s'est creusé entre l'ancienne et la nouvelle famille Becker.

Quand j'entre dans ma chambre, les craquements du parquet résonnent dans mes oreilles.

Une vraie chambre de gosse. Sur les étagères reposent mes coupes sportives et mon sabre laser d'Anakin Skywalker, de *La Guerre des étoiles*, à l'endroit où je les ai laissés. Au-dessus de mon lit, une banderole du lycée de Paradise, fixée par des punaises. Je retrouve même la photo de Kendra dans son uniforme de pom-pom girl, scotchée à la tête de mon lit, comme si nous étions toujours ensemble.

Le jour de mon arrestation, j'ai coupé tous les ponts avec elle. Kendra est une fille à papa, et les gens qui ont partagé ma vie ces derniers mois les dégoûteraient, elle et ses parents. Je l'imagine trop bien faire la snob devant la petite copine de Dino Alvarez pendant les visites hebdomadaires. À l'E.P., la dernière chose dont j'avais besoin, c'était de me faire chambrer par les potes à cause des vêtements de marque et du sac à main à deux cents dollars de ma petite amie.

Dans mon cas, le jour des visites se résumait à ma mère nerveuse qui se tordait les mains en me dévisageant comme si j'étais l'enfant d'une autre. Sans oublier mon père qui parlait météo et chiffons pour combler les silences.

En ouvrant mon placard, je découvre de nouveaux vêtements à la place des miens. Je n'ai plus aucun tee-shirt, ni aucun pull à moi. Toutes mes fringues ont été remplacées par des chemises de fayot, pendues en rang comme des petits soldats, et des pantalons à pinces de diverses couleurs, pliés et rangés comme chez Gap.

Voyons voir un pantalon ; je le déplie. À vue d'œil, il est trop petit. Va-t-elle comprendre que je ne suis plus le petit maigrelet que j'étais ? Pendant un an, j'ai fait du sport tous les jours, pour transpirer ma rage et décourager les durs comme Alvarez. Et quand on prend du muscle, c'est toute la structure du corps qui se modifie.

M'asseyant à mon bureau, je regarde par la fenêtre, vers la maison des Armstrong. Ma chambre donne directement sur celle de Maggie.

Maggie Armstrong.

La fille que l'on m'a accusé d'avoir mutilée.

C'est bon, je sais que c'est injuste. Mais j'ai du mal à ne pas lui en vouloir. Sans elle, je ne serais jamais allé en cabane. Ces douze derniers mois, j'ai repensé tant de fois à Maggie et à cet accident inimaginable.

– Caleb, tu es là ? demande mon père avant de frapper.

J'adore les gens qui frappent à la porte. Je n'ai pas entendu ce bruit-là depuis un an. Je l'invite à entrer. Il a toujours ses épais cheveux noirs, et sa moustache bien taillée. C'est un père assez chouette, dans l'ensemble, mais quand il est question de résister à maman, c'est une vraie mauviette.

– Ta mère a invité quelques-unes de ses amies, après le dîner, pour, euh… fêter ton retour à la maison.

Je sens ma nuque se raidir. Quelle idée d'organiser une fête de bienvenue pour un gars qui vient de sortir de taule…

– Annule.

Les veines de son cou se gonflent et virent au violet.

– Écoute, elle a traversé une année difficile, avec toi en prison. Fais-lui plaisir, et joue la comédie devant ses amies. Ça sera plus simple pour tout le monde.

– Jouer la comédie ?

– Oui, colle-toi un sourire sur le visage et papote avec les dames de son club. C'est ce que je fais tout le temps, conclut-il avant de sortir aussi vite qu'il est entré.

Il me faut quelques secondes pour enregistrer ses propos. Sourire ? Comédie ? Je suis à Hollywood sur le tournage d'un film ou quoi ? Hélas ! non, ce n'est pas du cinéma. C'est ma vie.

J'allume mon sabre laser, le manipule tel grand

guerrier Jedi et son bourdonnement emplit la pièce. Combien d'heures ai-je passées avec ce truc en main, à affronter en duel des démons imaginaires, quand j'étais enfant ?

Désormais, mes démons sont bien réels. Et je dois néanmoins les combattre.

Avec des armes autrement plus difficiles à manipuler.

4

MAGGIE

– Maggie, regarde ce que je t'ai acheté !

Ma mère, à peine rentrée, surgit à la porte de ma chambre en brandissant un pantalon en velours rose et une veste zippée.

– La vendeuse m'a affirmé que ça plaisait à toutes les adolescentes. C'est très, très *in*.

– Personne ne dit plus ce mot, *in*.

– Alors, euh... *cool* ?

Ces vêtements méritent le coup d'œil, me dis-je en les lui prenant des mains.

– Maman..., ça doit coûter plus de cent dollars ! C'est super *cool*, mais on n'a pas les moyens.

– Allons, ne t'en fais pas pour l'argent. Je fais des heures supplémentaires au restaurant, explique-t-elle pour me rassurer. Lundi, c'est la rentrée, et je tiens à ce que tu aies une tenue *in*, ou *cool*. Essaie-les !

Le cœur joyeux, maman attend que je m'exécute. Ce n'est pas du tout ce que j'avais prévu. Elle était censée partir travailler, et une fois seule j'aurais appelé

Sabrina pour lui annoncer que je n'irai pas à la fête de ce soir.

– Maman, tu sais qu'il est dix-neuf heures trente ?

Elle sourit, avec toujours cet enthousiasme inébranlable.

– Ne t'inquiète pas, j'attends l'arrivée de Sabrina.

Je me sens mal. Tout s'écroule.

– Pourquoi ?

– Cela me fait tellement plaisir de te voir sortir.

La pression monte et infiltre mes poumons. J'enfile l'ensemble en velours, sous les yeux ravis de ma mère.

– Oh, ma chérie, tu es sublime !

Je dois admettre que la tenue est magnifique. Mais pas moi. Même si le pantalon dissimule mes ignobles cicatrices, l'argent ne parviendra jamais à camoufler ma démarche. Comment résister à l'enthousiasme de maman ? C'est bon, je capitule. Je n'ai plus qu'à brosser mes cheveux châtain terne et revêches, et à emprunter son maquillage pour me faire une beauté. Bientôt, je me retrouve parachutée dans l'entrée, à attendre Sabrina.

Maman me tend son téléphone portable et une feuille de papier.

– Le premier numéro est celui du restaurant, le second celui de tante Pam, et le troisième celui de la ligne personnelle du Dr Gerrard. Le quatrième, c'est les urgences. Au cas où…

Des images de l'Espagne me traversent l'esprit. Comme ça me paraît loin… Il y a vraiment des moments où ma mère me traite comme si ma tête avait subi autant de dégâts que mon genou.

– Maman, je connais le numéro des urgences depuis la maternelle…

– On oublie les numéros utiles dans les moments de panique, Maggie.

J'ouvre mon sac pour y ranger son fichu papier.

– Tout va bien se passer, dis-je pour la rassurer.

Mais dans le fond, j'en doute.

– Je sais, ma chérie. Je veux juste que tu sois heureuse. Et en sécurité. Si tu as mal à la jambe et que tu as envie de rentrer de bonne heure, je quitterai le travail pour venir te chercher.

Soudain, je comprends ce qui lui arrive. Pourquoi elle me couve comme un nouveau-né.

– Tu sais que Caleb est rentré, c'est ça ?

On dirait un animal piégé dans les phares d'une voiture.

– Il est possible que quelqu'un en ait parlé, au restaurant.

– Maman !

– N'y pense plus, ma chérie ! Ignore-le et fais comme si les Becker n'existaient pas.

J'imagine que le moment est mal choisi pour lui dire à quel point mon ex-meilleure amie me manque. Une voiture klaxonne. C'est Sabrina.

– File. Et appelle quand tu arrives pour que je sache que tout va bien, même si tu me trouves trop protectrice ou pas assez cool.

Je franchis le seuil en m'appliquant à compter les

jours qui me séparent de l'Espagne. Cent dix-huit, c'est beaucoup trop. Je m'installe dans la voiture, à côté de ma cousine.

– Jolie, cette tenue ! me lance-t-elle.

Sabrina est au courant de nos problèmes financiers. Elle sait donc que ces vêtements représentent une dépense superflue qui dépasse nos moyens.

Il y a deux ans, mon père s'est rendu au Texas pour affaires. Il était censé rentrer au bout de quatre semaines, après avoir convaincu un groupe d'investisseurs de délocaliser une usine de fabrication de puces numériques pour l'installer à Paradise. Son offre a été rejetée, mais on lui a offert un emploi de consultant qui l'a obligé à voyager constamment. Depuis, il est revenu trois fois à Paradise : une fois pour demander le divorce à ma mère, une fois pour annoncer son remariage, et la dernière après l'accident. Cette fois-ci, il est resté une semaine entière. Il a promis qu'il m'accueillerait dans sa nouvelle maison, mais ça ne s'est toujours pas fait.

– Merci, dis-je en caressant mon pantalon.

Ce sont les seules paroles que nous échangeons jusqu'au moment où elle se gare dans la rue de Brian Newcomb. Ensuite, il faut marcher un peu pour atteindre la maison.

– Tu boites plus que d'habitude, remarque Sabrina. Je croyais que ta jambe allait mieux.

– Elle allait… enfin, ça va mieux.

Disons que ça allait mieux jusqu'à aujourd'hui, où mes contractures ont réapparu.

En approchant, j'entends du rock. J'inspire à fond.

Du calme. Oui, mais tout le monde va danser ! Et pour danser, il faut gigoter et parfois se cogner aux autres. Et si je tombe ? Si je n'arrive pas à me relever et que tout le monde se moque de moi ?

Une fois devant la maison, j'envisage de faire demi-tour pour filer me cacher dans ma chambre jusqu'à mon départ pour l'Espagne. C'est compter sans l'impatience de Sabrina qui a déjà ouvert la porte.

Dès l'entrée, tous les regards se tournent vers moi et je frissonne d'effroi. Ai-je un bouton de la taille d'un avocat sur le bout du nez ? Est-ce que je boite tant que ça ? Ou sont-ils simplement à l'affût d'un commérage ? Quelle que soit la réponse, j'ai du mal à supporter toute cette attention. Je serais prête à me fondre dans le décor et à disparaître une bonne fois pour toutes.

– Hé ! les gars ! C'est Maggie Armstrong qui nous revient de loin ! hurle un garçon de l'équipe de football.

– Il paraît que Caleb Becker est de retour, lui aussi, intervient Ty.

Impossible de me cacher. Ils ne comprennent donc pas que j'ai besoin de paix ?

– Pas de quoi en faire une histoire, dis-je avec une désinvolture totalement feinte.

Je m'étonne d'avoir réussi à prononcer ces mots tant ma gorge est serrée.

– Il a quand même failli te tuer, insiste un autre invité.

Tout me paraît flou. Les visages s'embrouillent autour de moi.

– Ça fait un an. J'ai tourné la page.

Gloups. Le courage coûte plus qu'on veut bien l'admettre.

– Comment tu fais ? Tu n'es pas restée en chaise roulante pendant quatre mois ?

– Cent vingt-trois jours, pour être précise.

– Tu parles d'un sale coup.

– Allez, laissez-la respirer !

Qui a osé prononcer cette phrase ? Je me retourne et reconnaît Kendra, l'ancienne copine de Caleb. Nous appartenions au même cercle d'amis, avant, sans avoir été proches pour autant. Elle me fait trop penser à un mannequin en plastique. À ma grande surprise, elle me prend par le bras et m'entraîne vers la terrasse, à l'arrière de la maison. Comme je boite, j'ai du mal à la suivre, mais elle ne ralentit pas pour autant. Soit elle ne remarque rien, soit elle s'en moque.

– Tu l'as vu ? demande-t-elle à voix basse.

Sur le moment, je ne comprends pas ce qu'elle me veut. Oh, s'il vous plaît, dites-moi que je ne suis pas là pour de vrai ! Ma sérénité est restée à la maison, dans ma chambre, où je peux me cacher du passé et de tout ce qui me rappelle l'accident.

Kendra me secoue, et je reviens dans le présent.

– Alors, tu l'as vu ? répète-t-elle en me fusillant du regard.

– Qui ?

Elle agite la tête avec agacement, ce qui fait sautiller ses boucles blondes.

– Caleb.

– Non.

– Mais c'est ton voisin, souligne-t-elle avec un air excédé.

– Et alors ?

Je n'ai jamais eu d'affinités avec Kendra, elle sait cela aussi bien que moi. Cependant, peu de gens s'en rendent compte, car nous avons toujours été très habiles pour faire semblant d'être sur la même longueur d'ondes.

Soudain, Brian entrouvre la porte vitrée et sort la tête.

– Kendra, qu'est-ce que tu fais là ? Viens me sauver ! Tout le monde joue à ce jeu idiot et c'est bientôt mon tour de faire tourner la bouteille.

Le regard de Kendra passe plusieurs fois de Brian à moi.

– J'arrive, cède-t-elle en rejetant ses cheveux en arrière d'un mouvement de tête, avant de le suivre à l'intérieur.

Je me retrouve seule sur la terrasse. La solitude ne me dérange pas. J'ai l'habitude. Au moins, je ne suis obligée ni de faire semblant d'être heureuse, ni de répondre à un interrogatoire. Mieux vaut éviter de penser à ma vie d'avant, quand je passais mon temps avec mes amies, en perpétuel mouvement. Quand Kendra et moi, sans être amies ni avoir le même statut social, évoluions sur les mêmes terrains, avec les mêmes joueurs. À l'époque, on était toutes unies, malgré nos différences. Désormais, tout a changé, et je n'y peux rien.

Me dirigeant vers la piscine, je m'installe sur une chaise longue. Quelques minutes plus tard, la soirée bat son plein et tout le monde se rassemble sur la terrasse pour danser. Je suis toujours seule, mais parmi la foule.

Brianne est accrochée à Drew Wentworth, qui n'arrête pas de la peloter pendant qu'ils dansent. Danielle et Sabrina sont blotties dans un coin, occupées à médire en pouffant. Des garçons les invitent à danser et elles se lèvent en gloussant. J'ai l'impression de vivre une de ces émissions de téléréalité californienne pour ados. Je fais tache dans mon ensemble rose ; on dirait un gros pouce blessé. Ouvrant mon sac, je m'assure que la liste des numéros d'urgence de maman est toujours là. Est-ce que le sentiment d'être indésirable dans une fête qui commence à peine peut être considéré comme une urgence ?

Kendra et Brian, en maillot de bain, se lancent dans un numéro provoquant sur le plongeoir. Rassemblés autour d'eux, les autres les encouragent à sauter dans l'eau. Kendra est ravie de l'attention qu'elle suscite, comme d'habitude. Sa famille possède l'essentiel des terres de Paradise depuis deux cents ans, et elle a toujours été sous les feux de la rampe. Son père est le maire de la ville depuis dix ans, et avant lui son grand-père. Il y a des filles qui ont tout, dès la naissance.

Soudain, d'autres étudiants de terminale se ruent hors de la maison, en tenue de bain. Danielle s'approche de moi.

– Tu as pris ton maillot ? Sabrina et moi allons nous

changer dans la chambre de Brian. Tu peux venir, si tu veux.

Si j'exhibais mes cicatrices, l'endroit se viderait en un clin d'œil. Alors je dois mentir :

– Je n'ai pas encore le droit de me baigner.

– Oh, désolée ! Je ne savais pas.

– Ce n'est rien, dis-je en m'emparant de mon portable.

Tandis que Danielle et Sabrina se précipitent à l'étage, je m'écarte en composant le numéro du travail de ma mère.

– Bonsoir, Tante Mae pour vous servir !

– Salut, maman, c'est moi.

– Tout va bien, ma chérie ?

– Très bien. Je m'éclate, dis-je en m'éloignant d'un pas incertain de la maison de Brian.

Arrivée dans la rue, je ne sais où aller. Il me faudrait un endroit isolé... tranquille... éloigné de tout ce que je rate. Un lieu où je pourrai fermer les yeux et songer à l'avenir.

Un avenir loin de Paradise.

– Toi qui craignais de te sentir de trop ! s'exclame maman. C'était idiot de ta part, tu vois bien !

J'image sans peine son sourire.

– Tout à fait.

Si je me sens idiote, en vérité, c'est parce que je me crois obligée de mentir à ma mère.

5

CALEB

Tout au long de ma petite fête de bienvenue, je souris comme un hypocrite, mais les copines de ma mère n'y voient que du feu.

Enfin, je crois.

Maman ne me lâche pas les baskets. Elle me serre contre elle et ne cesse de s'esclaffer en exhibant son cher fils réformé. Combien de temps puis-je jouer ce rôle sans craquer ? Et en admettant que je tienne, combien de temps, elle, est-elle capable de tenir ? Papa ne semble pas choqué par sa transformation de Jekyll en Hyde. Comment se fait-il que mes parents soient à ce point attachés aux apparences ?

– Caleb est devenu pratiquant, affirme ma mère à Mme Gutterman en me propulsant vers la femme du révérend.

– N'est-ce pas, Caleb ? poursuit-elle.

– J'ai prié tous les jours, confirmé-je, maître de mon personnage comme jamais.

La vérité ? J'ai effectivement prié tous les jours, mais

uniquement pour que je survive à la prison, que je retourne à Paradise, et que tout redevienne comme avant. L'allusion de ma mère à mes pratiques religieuses est d'autant plus creuse que nous n'avons jamais évoqué ma vie de prisonnier. Elle ne m'a posé aucune question, et je me suis bien gardé de lui raconter quoi que ce soit. La vérité ne l'intéresse pas, dans le fond. J'espère simplement qu'en faisant semblant, je ne contribue pas à rendre cette famille encore plus malade.

Mme Gutterman est appelée par un autre convive. Me voilà seul avec ma mère.

– Tu devrais boutonner ta chemise, murmure-t-elle en se penchant vers moi.

Je baisse les yeux vers mon col. Aujourd'hui, je n'ai pas envie de me disputer avec ma mère. Pas pour un motif aussi futile. Ce serait idiot de m'emporter pour un bouton de chemise, alors que tout est déjà tellement compliqué.

Une fois mon col ajusté, je vais rejoindre ma sœur gothique, un verre de limonade en main. À force de m'obliger à sourire, tous les muscles de mon visage me font mal.

– Tiens, ta boisson préférée.

Elle secoue sa chevelure de jais d'un geste négatif.

– Plus maintenant.

Quitte à rester planté un verre à la main, autant en boire une gorgée. *Beurk !*

– Quelle horreur ce goût de citron artificiel ! Comment tu faisais pour boire ça ?

– Je ne bois plus que de l'eau. De l'eau plate toute bête.

Cela a de quoi surprendre, de la part d'une fille qui coupait systématiquement ses jus de fruits avec de la limonade et ne pouvait manger du poulet sans y ajouter un mélange de sauce barbecue, ketchup, moutarde et parmesan. L'eau plate ne ressemble décidément pas à ma petite sœur…

Debout, à côté d'elle, j'observe la scène qui se déroule dans le jardin. Paradise n'est pas une grande ville, mais dès qu'on y parle d'une fête, les gens se ramènent en nombre.

– Il y a du monde ce soir.

– Ouais. Maman s'est pliée en quatre, commente-t-elle.

– Et papa n'a rien fait pour l'en empêcher.

Leah hausse les épaules avant de rétorquer :

– Pourquoi il aurait fait une chose pareille ? Elle finit toujours par gagner de toute façon.

Après quelques minutes de silence, Leah reprend la parole :

– Est-ce qu'on t'a obligé à te couper les cheveux ?

Je passe une main sur mon crâne rasé de près.

– Non.

– Ça te donne un air dur.

Est-ce le moment de lui dire à quoi elle ressemble, elle, avec ses cheveux teints en noir ? J'y songe brièvement, avant de me dire que ce n'est sans doute pas le moment d'aborder le sujet.

Leah remue les pieds, mal à l'aise.

– Brian organise une fête chez lui, ce soir.

– Deux soirées le même jour, à Paradise ? Les choses ont bien changé.

– Plus que tu ne le penses, Caleb. Tu comptes faire un saut chez Brian ?

Passer ma soirée à faire le pantin devant les amis de mes parents me saoule déjà bien assez.

– Sûrement pas ! Et toi, tu as l'intention d'y aller ?

Leah hausse les sourcils et plonge ses yeux dans les miens. Message reçu. Elle n'y va pas non plus.

– Tu devrais garder maman à l'œil, me conseille-t-elle en rongeant ses ongles peints en noir.

– Pourquoi ça ?

– Parce qu'elle vient de prendre le micro.

À ce moment, précisément, un énorme bourdonnement retentit ; puis la voix de notre mère traverse le jardin.

– Merci à tous d'être venus, annonce-t-elle avec un talent qui enchanterait la reine d'Angleterre. Et merci d'accueillir mon fils à bras ouverts.

À bras ouverts ? Ma propre mère ne pose jamais la main sur moi, à moins qu'il ne s'agisse de parader en public. La comédie a assez duré. Pourvu qu'elle ne me tende pas le micro ! Il faut que je m'échappe de cette maison.

Tout en me dirigeant vers le jardin public, je sors ma chemise de fayot de mon pantalon trop serré et je la déboutonne.

Enfin ! C'est la première fois que je me sens libre depuis que j'ai quitté l'E.P.

Je peux aller où je veux, et ouvrir ma chemise autant

que j'en ai envie ! Personne ne me parle ou ne m'observe comme une bête curieuse. Je donnerais tout pour retourner en arrière, pour avoir une chance de tout recommencer. Malheureusement, c'est impossible. On n'efface pas le passé. Il ne me reste qu'à faire de mon mieux pour que les gens l'oublient.

En atteignant le parc, j'admire le vieux chêne auquel je grimpais quand j'étais petit. Un jour, Drew et moi avons fait le pari de monter le plus haut possible. J'ai gagné, mais la branche sur laquelle j'étais assis a cédé. J'ai gardé le bras dans le plâtre pendant six semaines, mais ça m'était égal. J'avais gagné.

Je lève la tête en cherchant du regard cette branche cassée. Est-elle toujours là, comme une preuve de mon lointain exploit ? Ou l'arbre a-t-il traversé suffisamment de saisons pour effacer le passé ?

Je contourne le vieux chêne et m'arrête net, saisi par la surprise. Quelqu'un respire. Devant moi, adossée au tronc, est assise Maggie Armstrong.

6

MAGGIE

Quelqu'un a bougé. Je redresse la tête. Un garçon se tient devant moi, et pas n'importe lequel. C'est celui de tous mes cauchemars. Caleb Becker, en chair et en os, le nez en l'air.

Un léger cri d'effroi s'échappe de ma bouche.

Il baisse la tête vers moi et reste immobile, imperturbable ; j'ai l'impression que son regard bleu acier me transperce.

Ce n'est plus le même. Déjà, à l'époque, Caleb jouait les durs ; mais là, il est carrément menaçant. Il a les cheveux courts. Sous sa chemise ouverte, j'aperçois son torse musclé.

Le souffle coupé, je reste paralysée. Par la colère. Par l'angoisse. Par la peur.

Nous sommes coincés, incapables de prononcer le moindre mot.

– C'est embarrassant, dit-il pour rompre ce long silence.

Sa voix est plus grave et plus sombre que dans mes souvenirs.

Et ce n'est pas comme si je l'apercevais depuis la fenêtre de ma chambre.

Nous sommes seuls.

Il fait nuit.

Poussée par le besoin de rejoindre le cocon de ma chambre, je tente de me relever. Mais une douleur vive me transperce la cuisse et m'arrache une grimace.

Horrifiée, choquée, je le vois faire un pas pour me saisir par le coude.

Non ! Pas ça. Sans réfléchir, je le repousse. Les souvenirs de mon corps immobile, bloqué dans son lit d'hôpital, se bousculent dans ma tête.

– Ne me touche pas !

Il lève les bras comme si j'avais crié « haut les mains ».

– Tu n'as rien à craindre, Maggie.

– Je pense avoir de bonnes raisons de me méfier, justement.

Il recule en soupirant. Mais au lieu de s'éloigner, il reste là à m'observer d'un air étrange.

– Avant, nous étions amis.

– C'était il y a longtemps. Avant que tu me renverses.

– C'était un accident. Et j'ai payé ma dette.

Il faut que j'abrège ce moment au plus vite. C'est un miracle si j'arrive à articuler :

– À la société, peut-être. Mais ta dette envers moi ?

Et sur ces paroles, je rentre chez moi en boitant, sans me retourner une seule fois. Je ne m'arrête pas avant d'avoir atteint la porte de ma maison.

Puis je rejoins ma chambre et je m'enferme dans

le placard, comme je le faisais, quand j'étais petite, pour échapper aux disputes de mes parents. Dans ces moments-là, je fermais les yeux en posant les mains sur mes oreilles, et je fredonnais.

Je ferme les paupières. L'image de Caleb, debout devant moi, avec ses yeux bleus si intenses, est imprimée dans mon esprit. Je sais qu'il est loin, mais j'entends encore sa voix grave. Je pense à l'accident, à la souffrance que j'ai endurée, à mes jambes meurtries. C'est toute ma vie qui a basculé en un instant et cela me hante.

Instinctivement, je me mets à fredonner.

7

CALEB

Depuis quelque temps, la vie me met constamment à l'épreuve. La prison. Maman. Leah. Papa. Et maintenant Maggie. Quand j'ai quitté la fête ridicule de ma mère, j'avais envie de tout sauf de me retrouver en face d'elle. Le pire, c'était son regard : comme si je venais de l'écraser une seconde fois. J'ai essayé de lui parler, de lui expliquer que je ne suis pas un monstre, mais elle n'a rien voulu entendre.

Je suis toujours dans le parc, assis par terre comme un abruti. Le vent fait bruisser les feuilles des arbres. On dirait qu'elles chuchotent. Je lève les yeux vers les branches. Dans quelques mois, ces feuilles tomberont et disparaîtront dans l'humus pour être remplacées au printemps par de nouvelles feuilles et de nouveaux bavardages.

Je me fais penser moi-même à une vieille feuille desséchée. J'ai l'impression qu'une partie de ma personne est morte pendant mon absence. J'ai rêvé de revenir à Paradise pour retrouver ma vie d'avant, cette existence où tout était si simple. Mais en vain.

Je m'adosse au chêne, à ce tronc si large qu'il faudrait un bulldozer pour l'ébranler. Si seulement je ressemblais à cet arbre ! Alors, je saurais parler à ma mère, à Maggie, à Leah... je serais suffisamment fort pour les convaincre que la vie peut reprendre son cours normal.

C'était un accident, bon Dieu !

Ce gosse, en prison, qui a poignardé une fille... Ça n'avait rien d'un accident. Et Julio qui vend de la drogue au lieu de travailler... Ça n'a rien d'un accident non plus. Attention, je ne nie pas que conduire en état d'ivresse soit un acte criminel. D'ailleurs, j'ai plaidé coupable, et c'est sans regret que j'ai accepté la punition du juge.

J'ai commis un crime, j'ai été condamné et j'ai fait mon temps.

Seulement, Maggie Armstrong ne veut pas me pardonner.

Comment veut-elle que je paie ma dette envers elle ?

Ma punition doit-elle n'avoir jamais de fin ?

Je ne laisserai pas Maggie, ni ma famille, me détourner de mon chemin. J'ai survécu à l'E.P. et ce ne sont pas les habitants de Paradise qui auront ma peau. Pour commencer, ma sœur va devoir se demander pourquoi elle préfère ressembler à un foutu monstre plutôt qu'à la fille d'avant, celle que j'ai laissée en partant. Et ma mère, d'une façon ou d'une autre, va devoir apprendre à regarder les choses en face. Elle doit cesser de se comporter comme si la vie était du cinéma. Ensuite, mon père… mon père, lui, va devoir se faire greffer des couilles. Quant à Maggie… Il faudra bien qu'elle admette que cet accident n'était rien d'autre qu'un… accident.

Peu importe la manière dont tout cela doit se passer : je ne quitterai pas Paradise. Je suis rentré chez moi et les gens ont intérêt à s'habituer à ma présence.

8

MAGGIE

– Alors, comment était cette soirée ? me demande maman tout en repassant son uniforme pour le lendemain.

– Super.

– Et ta jambe ?

– Ça va.

Depuis le réveil, je n'ai pas pensé à elle une seule fois. C'est le dernier de mes soucis. Je n'ai que l'Espagne en tête, et ça vire à l'obsession. Depuis que j'ai vu Caleb, hier soir, je suis plus déterminée que jamais à quitter cette ville.

– Le paquet du programme d'échange international n'est pas encore arrivé ? Il aurait dû arriver la semaine dernière.

– Je n'ai rien trouvé dans la boîte. J'espère qu'ils acceptent les fauteuils roulants, car si ta jambe te cause des problèmes, il t'en faudra un.

– Maman, pas ça ! Pourquoi, avec toi, il faut toujours penser avec des « si jamais... » ?

Je vais ouvrir le réfrigérateur, d'un pas aussi assuré que possible.

– Ça ne coûte rien de se renseigner, Maggie. Je ne serai pas là pour t'aider quand tu seras là-bas.

– Tout se passera bien, maman. Cesse de t'inquiéter.

Ma mère se fait trop de soucis pour moi et j'ai l'impression d'étouffer. Et puis, c'est une contradiction ambulante et cela n'arrange rien. À huit heures, elle me pousse à sortir et à voir mes amies, comme avant, et à huit heures dix, elle me surprotège. À mon avis, c'est parce qu'elle veut tenir le rôle du père qui prend les choses en main tout en restant une mère protectrice. Mais quand les deux s'additionnent, tout devient confus.

Elle pose son fer à repasser pour venir me prendre dans ses bras.

– Je suis si heureuse que tu ailles en Espagne. Tu attends cela depuis si longtemps. Mais j'ai besoin de savoir que tu ne manqueras de rien. C'est uniquement parce que je t'aime, ma chérie.

– Je sais.

Je m'abstiens de lui dire que son amour, comme ses câlins, est parfois tellement envahissant qu'il m'empêche de respirer.

9

CALEB

Je joue seul au billard au sous-sol pendant qu'au salon mon éducateur de transition sert son baratin à mes parents. S'il était moins envahissant, je trouverais presque la situation comique.

Mon conseiller s'appelle Damon Manning. Ce type a connu l'incarcération dans l'établissement pénitentiaire pour mineurs, exactement comme moi. Son rôle est de surveiller ce que je fais et de superviser mes travaux d'intérêt général. C'est une sorte de flic pour moi tout seul !

Quelle galère ! Tout ce qu'écrira Damon sera directement transmis au juge qui suit mon dossier, ainsi qu'au comité de réévaluation. J'ai intérêt à me tenir à carreau, mais c'est loin d'être dans la poche. Comment rester tranquille alors que je suis sans cesse à cran depuis mon retour ?

J'ai rencontré Damon juste avant de quitter l'E.P. C'est un molosse à la peau noire qui n'est pas du genre à gober n'importe quoi.

Au moment où, par accident, je réussis à faire disparaître la huitième balle, la tête de mon père apparaît dans l'escalier.

– Caleb ! M. Manning t'attend !

En arrivant au salon, je regarde ma mère.

– Puis-je vous offrir quelque chose à boire ? demande-t-elle nerveusement à Damon. Elle n'a pas l'habitude de recevoir d'anciens taulards, baraqués et noirs, mais cela ne l'empêche pas de tenir à merveille son rôle d'hôtesse accomplie.

– Non, merci. J'aimerais juste avoir une petite conversation avec votre fils. Ensuite, je vous laisserai tranquilles.

Alors que je m'assois dans l'un des fauteuils à coussins de soie, Damon se lève.

– Allons faire quelques pas, m'annonce-t-il sur un ton qui n'a rien d'une proposition.

– Comme vous voudrez, dis-je en haussant les épaules.

Damon a pris mon dossier avec lui. Il le garde sous le bras tandis que nous remontons Masey Avenue vers le parc. Enfin, on se pose sur un banc dans l'aire de pique-nique.

– Comment ça va ? demande Damon en ouvrant son dossier, avant de sortir un crayon mine de sa poche.

Clic. Clic. Clic.

– Très bien, dis-je, préférant mentir.

– Peux-tu être plus précis ?

Dite par Damon, cette question est un ordre. Tout

ce qui sort de sa bouche est un ordre et cela ne fait que titiller mes nerfs.

– Sur quel point ?

Clic. Clic.

– Parle-moi de ta famille. On dirait que la vie à la maison est plutôt sympa.

On dirait ?

– En réalité, ma mère est un robot, mon père est une poule mouillée et ma sœur un zombie. Je dirais que ça résume bien la situation.

Il referme son dossier avant de me regarder droit dans les yeux.

– Personne n'a jamais dit que ce serait simple.

– Ouais, ben personne ne m'avait dit que ce serait aussi dur, putain.

– Est-ce que tu as l'impression d'être plus grand à chaque fois que tu prononces un gros mot ?

– Oh ! lâchez-moi.

– C'est mon boulot, de te coller, Caleb. Mais je ne peux pas t'aider si tu ne partages rien avec moi.

– Je n'ai pas besoin de votre aide. Mes parents et ma sœur… ce sont eux qui ont le plus besoin d'aide. Pourquoi est-ce que vous n'iriez pas vous occuper un peu d'eux, au lieu de moi ?

– Tu as été incarcéré pendant près d'une année. Donne-leur du temps. À t'entendre, on dirait qu'ils te doivent des excuses, alors que c'est le contraire. Qu'ont-ils fait de mal, hein ? Peut-être que tu devrais essayer de t'en prendre à toi-même, de temps à autre, Caleb. L'expérience pourrait t'ouvrir les yeux.

– C'est la vérité qui ouvre les yeux.

Clic. Clic.

– Quoi ?

– Rien, laissez tomber.

Damon rouvre mon dossier. Cette paperasse doit probablement décrire tout ce qu'il y a à savoir sur ma vie. Avant, pendant et après l'arrestation. Je me demande si le jour où j'ai campé chez Joe Sander est mentionné dans ces pages. Ou la fois où j'ai tabassé ce mec du lycée de Fremont parce qu'il avait charrié ma sœur au sujet de sa permanente. Avant, on me regardait avec respect, comme le rebelle cool. Maintenant, je suis un coupable. Pas cool du tout.

Il me tend quelques feuilles de papier.

– Tu vis dans une petite ville, Caleb, où il n'y a pas beaucoup d'offres de boulots d'intérêt collectif. Tu as indiqué que tu avais de l'expérience dans la construction et l'aménagement de l'habitat…

– L'été, je travaille sur des chantiers avec mon oncle.

– Très bien. Alors tu vas te rendre à la Boutique du Bricolage, lundi prochain après les cours. Sois à l'heure. Ils t'attribueront un chantier et déposeront sur place tout le matériel nécessaire. Une fois que tu auras terminé le boulot, n'oublie pas de faire signer ta feuille de mission. Compris ?

– Pas de problème.

– Il me reste encore quelques questions à te poser. Ensuite, tu n'auras plus à supporter ma tête de vieille bête avant la semaine prochaine.

Il poursuit en me regardant dans les yeux :

– Depuis ton retour, as-tu eu des contacts physiques ?
– Vous voulez parler de sexe ?
Damon hausse les épaules.
– Je ne sais pas. C'est à toi de me le dire. Est-ce que ton ancienne petite amie t'attendait à ton retour ?
J'ai tellement envie de rire que j'en ai la gorge qui gratte.
– Pas vraiment. Ma sœur m'a serré dans ses bras, mon père m'a serré la main et certaines amies de ma mère m'ont tapé dans le dos.
– Est-ce toi qui as pris l'initiative de ces gestes ? Les as-tu suggérés ?
– Non, pas du tout ! Vous me fichez la trouille avec vos questions tordues.
– Caleb, il arrive que certains jeunes hommes développent des problèmes affectifs suite à un séjour en E.P. Ils n'arrivent plus à faire la différence entre les contacts physiques normaux et ceux qui…
– J'ai touché une fille, dis-je en l'interrompant.
Clic.
– Raconte-moi.
La nuit dernière me revient à l'esprit. Le moment où Maggie a voulu se relever. La douleur intense qui l'a traversée, ses mâchoires crispées, ses poings serrés et ses sourcils froncés. Depuis mon retour, Maggie est la seule personne vers laquelle j'ai tendu la main. Et ça s'est mal passé.
– Une fille avait besoin d'aide pour se relever, et j'ai voulu l'aider. Fin de l'histoire.
Ou à peu près.

– T'a-t-elle remercié ?

J'hésite, puis je ramasse un caillou pour le lancer vers le terrain de base-ball, de l'autre côté du parc.

– Elle s'est écartée de moi. C'est ce que vous vouliez entendre ?

– Seulement si c'est la vérité.

Je me tourne vers lui pour qu'il voie à quoi je ressemble quand je ne blague pas.

– Tu as peut-être été un peu brusque.

– Je n'ai eu aucun geste brusque, dis-je avec fermeté.

– De qui s'agit-il ?

Si je ne réponds pas, Damon va probablement revenir demain, et les jours suivants jusqu'à ce que je crache le morceau. Où est le problème, après tout ? Je jette un coup d'œil au vieux chêne, tout en m'attendant à moitié à voir Maggie à son pied, soucieuse, en colère.

Finalement, je me tourne vers lui.

– J'ai touché la victime de l'accident pour lequel j'ai été condamné.

Clic.

10

MAGGIE

– Est-ce que ça va ? demande Sabrina.

Assise par terre devant mon casier, je trie les livres dont j'ai besoin pour le premier cours. En temps normal, il faut quelques jours pour s'adapter à l'école après un été passé à ne rien faire. Dans mon cas, c'est une parenthèse d'une année que je dois clore.

– Ouais, à part le cours de trigo de Mme Glassman qui m'angoisse d'avance.

– Tu n'es pas plus flippée que ça ?

– Bah, il paraît qu'elle est assez sévère, mais je vais...

– Je ne te parle pas de Glassman, Maggie, mais de Caleb. Il est ici, aujourd'hui. Idiote !

Un livre me tombe subitement des mains.

– Quoi ?

– Il est dans le bureau de Meyer.

Une minute...

– On m'avait dit qu'il ne reviendrait pas au lycée.

– Tu as dû mal comprendre, parce que Danielle l'a vu.

Mon regard se perd dans le couloir J.

– Tu as bien dit qu'il n'y avait pas de quoi en faire tout un plat, non ?

Euh…

Venant dans ma direction, Brianne dévale le couloir.

– Vous êtes au courant ? demande-t-elle après avoir repris son souffle.

– Elle sait, répond Sabrina, une main posée sur la hanche. Mais il paraît qu'il n'y a pas de quoi en faire tout un plat. Elle a un problème de déni, on dirait.

J'enfonce mes manuels dans mon casier, en vrac, et reste assise sur le carrelage, incapable de me relever.

Comme si la situation n'était pas suffisamment dramatique, Danielle approche en compagnie de cinq autres élèves. Elles discutent vivement, probablement de l'histoire de l'année.

Dire que ce n'est que le premier jour de classe.

Le retour de Caleb constitue un événement majeur, je dois l'admettre. Mais je reste assise par terre, en affichant un masque d'indifférence qui me va mal. Ce n'est pas dans ma nature de jouer le détachement.

– La voilà ! s'exclame Danielle.

Son enthousiasme rassemble tout le monde autour de moi. Comme j'aimerais les voir disparaître en claquant des doigts. Le rôle de la fille invisible me convenait mieux, en fin de compte.

– Tu as un scoop ? demande Sabrina à Danielle.

– Bah…, commence cette dernière en vérifiant que tout le monde l'écoute. Ma mère fait partie du conseil des parents d'élèves, vous savez. Il paraît qu'ils vont proposer un accord à Caleb. Il devra passer les examens de fin de première avant d'être officiellement admis en terminale. S'il échoue, il perdra une année.

– Il est bête comme ses pieds ! Tu parles, il va tout rater, intervient Brynn Healey.

Non, il n'est pas bête et je suis bien placée pour le savoir. Il est même plus intelligent qu'on ne le croit. Quand nous étions à l'école élémentaire, Caleb a reçu des félicitations spéciales. De tous les élèves de CM2, il avait la meilleure moyenne. Je me souviens encore de son sourire le jour où on l'a distingué.

Par la suite, comme il avait fièrement accroché son diplôme à côté de ses trophées sportifs, ses amis se sont moqués de lui et ils l'ont accusé d'avoir une relation secrète avec notre institutrice, Mme Bolinsky, qui devait bien faire cent cinquante kilos. Après ça, Caleb a offert son diplôme à Leah, ses notes ont chuté et il n'a plus jamais reçu de compliments.

Par chance, la cloche retentit et les élèves se dispersent.

M'agrippant à mon casier, je peux enfin me relever. Je referme la petite porte et me dirige vers ma salle de classe. Je sais que je suis en retard, mais mes jambes défectueuses devraient m'offrir une excuse valable.

Au passage, j'aperçois Leah sortant des toilettes. Mon ex-meilleure amie. La tête baissée, elle vient dans ma direction sans me voir.

Si tout était différent, je lui demanderais pourquoi elle s'habille toujours en noir. Si tout était différent, je lui demanderais comment elle vit le retour de son frère.

Soudain, elle lève les yeux, remarque ma présence, et bifurque en faisant une drôle de tête.

11

CALEB

Le proviseur se tient de l'autre côté de ma table. On m'a installé dans son bureau pour que je puisse passer les examens tant redoutés.

Je n'aurais jamais dû revenir au lycée. À l'E.P., j'ai suivi des cours puisque ça faisait partie du programme des détenus mineurs. Ce ne sont pas tant les examens, qui me posent problème, que la façon dont Meyer me dévisage. À croire qu'il n'a jamais vu un ancien détenu. Son regard va me rendre dingue.

Je planche sur le deuxième examen de la matinée. Pour l'instant, je n'ai pas été très brillant, mais je n'ai pas vraiment merdé non plus.

– Fini ? demande Meyer.

Il me reste encore un problème d'algèbre à résoudre, mais avec ce bonhomme figé en face de moi, je n'arrive pas à me concentrer. Il faut que je m'accroche pour éviter de tout rater. Je dois m'appliquer.

Malgré le temps qu'il m'a fait perdre, je suis bientôt prêt à passer au contrôle suivant.

– Va déjeuner, Becker, m'ordonne Meyer après avoir récupéré mes feuilles.

Déjeuner ? À la cafétéria, avec la moitié des élèves de l'école ? C'est hors de question, mon gars !

– Je n'ai pas faim.

– Il faut que tu manges. Tu as besoin de nourrir tes neurones.

Qu'entend-il par là ? que je suis un imbécile ? *Arrête ta parano, Caleb !* C'est un des effets indésirables de la prison : on prend l'habitude d'analyser chaque parole et chaque expression comme si les autres nous cherchaient des noises en permanence. Mais ce n'est rien, juste un tic d'ancien taulard. *Ah, ah, ah.*

Je me lève en sachant que derrière la porte, quatre cents élèves attendent d'entrapercevoir le mec qui a fait de la prison. Un nœud vient de surgir dans ma nuque.

– Tu as vingt-cinq minutes ! Il te reste trois autres examens, alors dépêche-toi !

Je pose ma main moite sur la poignée, et je la tourne en rassemblant mon courage.

Une fois dans le couloir, je fonce à la cafétéria en m'efforçant d'éviter les regards braqués sur moi. Un café. J'ai besoin d'un café serré et noir. Voilà qui va me calmer les nerfs et me maintenir éveillé tout au long de la journée. Parcourant la salle du regard, je me souviens soudain que le café est interdit aux lycéens. Je suis prêt à parier que les profs cachent une cafetière pleine dans leur salle de repos. Si je volais une tasse, qui le remarquerait ? Est-ce qu'ils appelleraient la police en me traitant de voleur, en plus des autres étiquettes qu'ils m'ont déjà tatouées dans le dos ?

J'aperçois ma sœur, assise tout seule. Avant, elle s'installait avec Maggie et leurs amies. Ensemble, elles passaient leur temps à rigoler et à draguer mes potes.

J'ai toujours eu du mal à accepter que ma sœur jumelle craque pour l'un de mes copains, ou qu'elle le colle quand il venait à la maison. Le pire, c'est quand je me suis aperçu que les choses s'inversaient, et que mes amis étaient attirés par ma sœur. L'été dernier, j'ai passé mon temps à menacer mes potes de leur trancher la gorge s'ils la touchaient. J'ai toujours veillé à ce qu'elle soit en sécurité, et à ce que sa réputation soit préservée.

Mais c'était avant, il y a un an. Désormais, plus personne ne tourne autour de Leah.

– Salut, petite sœur, dis-je en m'asseyant près d'elle.

– J'ai entendu dire que tu passais tes examens, marmonne-t-elle en enroulant ses cheveux autour de son doigt.

J'éclate de rire.

– J'ai déjà le cerveau en compote, et il m'en reste encore trois.

– Tu penses avoir réussi ?

– Je sais pas.

– On raconte que Morehouse a concocté un examen de sciences sociales que personne ne pourrait réussir.

Je n'ai donc pas déjà payé ma dette envers la société ?

– Vraiment ?

– Ouais. Caleb, et si tu foires, tu feras quoi ?

Mieux vaut ne pas y penser. J'élude sa question en gardant le silence.

Au moment où mon regard tombe sur l'entrée de la salle, Kendra surgit. Est-ce mon ex, ou avons-nous seulement mis notre histoire sur pause ? J'aurai la réponse en observant sa réaction dès qu'elle me verra. Sauf qu'elle ne m'a pas remarqué. Pas encore. Tant mieux. Je ne me sens pas prêt à lui parler en public.

– Faut que j'y aille, dis-je à ma sœur.

Je file par la sortie latérale, celle qui débouche sur la salle de sport.

Kendra est tellement canon ! Elle a changé de coupe de cheveux et son tee-shirt la moule un peu plus qu'avant. Comment va-t-elle réagir quand elle se trouvera en face de moi ? Va-t-elle se jeter à mon cou ou se la jouer détachée, comme si de rien n'était ?

Putain, elle me manque.

Des tatamis sont entassés dans un coin du gymnase. Ils me rappellent qu'autrefois Kendra venait m'encourager pendant les matchs de catch. Pour mon dernier combat, j'avais délibérément sauté deux catégories de poids pour affronter un costaud. Je n'oublierai jamais son nom : Vic Medonia. Ses jambes avaient plus de force qu'un python et il était champion régional, mais j'avais été le plus rapide et je l'avais emporté. Après le combat, il n'avait eu que trois petits mots pour moi : *On se reverra.*

Mais la semaine suivante, la police m'arrêtait.

– Alors, tu es de retour ? me demande Wenner, l'entraîneur, en m'apercevant.

J'enfonce les mains dans les poches de mon jean.

– Il paraît…

– Tu luttes avec nous, cette saison ?

– Non.

– On aurait pourtant grand besoin d'un 75 kilos comme toi.

– Je fais plus de 80, maintenant.

Le prof de sport émet un sifflement admiratif.

– Tu es sûr ? Tu es plus élancé qu'avant, il me semble.

– J'ai fait beaucoup de sport. C'est ma masse musculaire qui a augmenté.

– Tu me cherches, Becker…

J'éclate de rire, avant d'ajouter :

– Je viendrai voir les matchs.

Il étale bruyamment les tapis de combat.

– On verra. Peut-être que le jour où la saison débutera, tu ne pourras plus résister.

Quelle heure est-il, au fait ? Il vaudrait mieux que j'aille terminer ces fichus examens.

– Je dois retourner voir Meyer.

– Si jamais tu changes d'avis et que tu veux faire partie de l'équipe, tu sais où me trouver.

– OK, dis-je en m'enfonçant dans le couloir.

Dès que je reprends place à mon bureau, Meyer dépose l'examen suivant devant moi.

Merde. J'ai oublié de manger. Sur la feuille, les mots sont flous. Le nœud dans ma nuque se réveille. De son bureau, Meyer n'en rate pas une miette.

– Quelque chose ne va pas ?

– Non, monsieur.

– Alors, mets-toi au boulot.

Facile à dire. Il n'est pas obligé, lui, de passer un examen de sciences sociales que même le président des États-Unis n'aurait aucune chance de réussir.

Et si je loupais tout, volontairement ? Ça leur apprendrait... Ensuite, je n'aurais plus qu'à finir mon lycée dans un autre établissement, car jamais ma mère n'accepterait de me voir redoubler ma première. Oserait-elle encore intervenir en ma faveur, néanmoins ?

J'enchaîne les questions inlassablement, à un tel rythme que la mine de mon crayon est usée et que mes fesses sont engourdies sur ma chaise trop dure. Tout bien considéré, j'ai une chance sur deux d'avoir complété correctement ce QCM idiot concocté par Morehouse. Plus que deux exercices avant d'être tranquille pour le restant de la journée.

Deux heures plus tard, je boucle la toute dernière question du dernier examen et j'ai presque envie de sourire. Presque, parce que je suis trop épuisée pour activer le moindre muscle. Pourtant, je vais devoir courir pour attraper le bus qui doit me conduire au magasin de bricolage. Le 204 passe devant le lycée à trois heures vingt-neuf et ma montre indique trois heures vingt-sept.

Au moment où j'aperçois le véhicule, Brian Newcomb surgit devant moi et brise mon élan en posant les mains sur mon torse.

– Caleb, mon pote, je t'ai cherché partout.

Brian et moi étions les meilleurs amis du monde

depuis la crèche, mais ça fait un an qu'on ne s'est pas parlé car je lui ai demandé de ne pas venir me voir en prison. Je ne sais pas si nous sommes toujours amis, mais le moment est mal choisi pour vérifier. Je dois absolument être à l'heure pour mes travaux d'intérêt général. Ma liberté en dépend.

– Ça va, Brian ? dis-je rapidement avant de voir le bus quitter l'arrêt, derrière lui.

Merde.

– Ouais. Rien de spécial… la vie, quoi. Et toi, ça va ?

– Oh, ouais. Je m'habitue à dormir dans une chambre sans barreaux.

S'ensuit l'un de ces horribles silences ; Brian semble confus.

– Tu dis ça pour rire ?

– En quelque sorte…

Brian éclate de rire, mais je vois bien qu'il dissimule quelque chose. De la nervosité ? Pour quelle raison serait-il nerveux ? Il me connaît mieux que ma propre mère. Les yeux plissés, j'observe celui qui a été mon confident pendant toutes ces années.

– Il y a un truc qui coince, Brian ?

Il hésite légèrement, presque imperceptiblement. Suffisamment pour que je le remarque et perçoive son trouble.

– Non, aucun problème, répond-il néanmoins.

Le bus tourne au coin de la rue.

– Faut que je file.

– Tu veux que je te dépose quelque part ? Mon père s'est offert une nouvelle Yukon et m'a donné ıcienne, propose mon ami en agitant ses clés de voiture sous mon nez.

Au stade où j'en suis, j'aurais grand besoin d'un vieux taxi. Mais je murmure « non, merci » parce qu'en prison, j'ai appris à ne rien attendre des autres, à ne compter sur personne.

– Je voudrais te dire... Je suis désolé de ne t'avoir jamais écrit. Il s'est passé tellement de trucs, cette année... Et puis tu m'avais demandé de ne pas venir te voir...

– Ne t'en fais pas. C'est derrière, tout ça.

Brian saute d'un pied sur l'autre, visiblement mal à l'aise.

– J'aimerais tout de même qu'on en parle.

– Je te dis que c'est du passé. Il faut vraiment que j'y aille, dis-je avant de m'éloigner.

Si c'était pour se comporter comme un étranger, j'aurais préféré qu'il m'ignore. C'était plus désagréable encore qu'avec ma mère. J'ai suffisamment de problèmes à régler en ce moment, à commencer par Damon qui va cracher des flammes en apprenant que je suis arrivé en retard pour ma première mission d'utilité publique.

12

MAGGIE

Aujourd'hui, j'ai emprunté le guide du routard de l'Espagne à la bibliothèque. En ouvrant la boîte à lettres, après les cours, j'ai marmonné une petite prière pour qu'apparaisse le dossier tant attendu.

Ce n'est pas un paquet, mais une lettre que m'a envoyée le programme d'échange. Je déchire l'enveloppe et m'entaille la peau en passant le doigt entre les deux bords. Peu importe. Ce courrier, c'est mon billet de sortie, ma chance de m'éloigner de Caleb et de Paradise. Le temps est venu d'oublier l'accident. Je vais ouvrir les bras à une nouvelle existence, indépendante et anonyme.

D'un geste hâtif, je déplie la feuille comme s'il s'agissait du ticket doré de *Charlie et la chocolaterie*. Je lis, un sourire gigantesque sur les lèvres.

À l'attention de : Mlle Margaret Armstrong

De : Programme international d'échanges pour étudiants (PIEE)

Chère mademoiselle Armstrong,

e comité du PIEE a été informé que la bourse d'études à laquelle vous aviez postulé était réservée aux athlètes et que vous ne répondiez plus à ce critère. En effet, votre dossier indique que vous n'avez pratiqué aucun sport au cours de ces douze derniers mois. Je suis donc au regret de vous informer que votre bourse a été annulée.

Vous pouvez tout de même, si vous le souhaitez, participer au programme du PIEE à condition que vous preniez en charge votre transport ainsi que les frais de scolarité qui incluent un hébergement à tarif préférentiel et le restaurant universitaire du campus de l'université de Barcelone. Ces frais de scolarité s'élèvent à $ 4 625 par semestre et doivent être réglés avant le 15 décembre, directement au bureau du PIEE. Pour toute information supplémentaire, n'hésitez pas à nous contacter.

Cordialement,

Helena Cortez, Directrice
Programme international d'échanges pour étudiants,
Université de Barcelone, Espagne

Il me faut un certain temps pour assimiler l'expression « bourse annulée ». Mon sourire, lui, disparaît instantanément.

– Je ne peux plus partir, dis-je dans un murmure.

Rassembler plus de quatre mille dollars relève de l'impossible. Je ferme les yeux et reste ainsi un moment. Ce n'est pas possible. Pas ça, pas maintenant. Je plaque mes paumes tremblantes sur mes yeux.

À l'instant où ma mère rentre du travail, je lui tends le courrier.

– Bon, pas de panique. Il doit y avoir une solution. Nous allons tout arranger, déclare-t-elle après en avoir pris connaissance.

– Maman, ça ne vaut même pas la peine d'y penser. Nous n'aurons jamais une telle somme.

– Je peux faire plus d'heures supplémentaires. Voyons voir…

S'emparant d'une feuille, elle gribouille une série de chiffres.

– Maman, laisse tomber.

– Attends ! Avec un minimum de soixante heures, voire soixante-dix… et si je travaille pour Thanksgiving et que j'ajoute ma prime de Noël…

– Maman !

Elle cesse d'écrire pour me regarder.

– Quoi ?

– Arrête tes calculs ! Arrête de trinquer… arrête.

Je suis suffisamment déprimée. Qu'elle envisage de se tuer à la tâche pour me rendre heureuse ne fait qu'aggraver la situation. Je vais trouver une solution, mais ce n'est pas son problème. C'est le mien.

Le téléphone sonne : M. Reynolds apprend à ma mère qu'elle a oublié sa paie. Elle doit aller la chercher au restaurant.

– Viens avec moi, Maggie.

– Pas envie.

– Allez, viens ! J'ai vu qu'Irina avait préparé des

nouvelles tartes, cet après-midi. Une part de tarte te rend toujours le sourire.

Irina est l'un des cuisiniers du restaurant. Elle me fait toujours goûter ses dernières créations sucrées avant de les intégrer au menu. Ses gourmandises font partie des raisons pour lesquelles j'ai pris du poids.

Je cède : si les tartes peuvent m'aider, ce n'est pas le moment de refuser.

– C'est bondé, dit maman à M. Reynolds alors qu'il lui tend son enveloppe.

C'est un homme plutôt serein mais ce soir, c'est la panique.

– C'est la ligue masculine de bowling. Ils viennent d'arriver et Yolanda est rentrée chez elle il y a dix minutes. Elle était malade.

Une trentaine d'hommes affamés se bousculent autour des tables. Tony, le nouveau serveur, est seul en salle pour aider M. Reynolds.

Maman tapote l'épaule de son responsable.

– Si vous avez besoin d'aide, je suis certaine que ça ne dérangera pas Maggie que je reste un peu.

M. Reynolds sourit.

– Vraiment ? Ce serait formidable !

– Ce n'est rien.

– Que ferais-je sans vous, Linda ? Je vais avoir une dette envers vous.

D'humeur joueuse, ma mère lève les yeux au ciel tout en se dirigeant derrière le comptoir pour passer un tablier.

– Vous avez plus d'une dette envers moi, Lou, mais nous en reparlerons plus tard.

– Compris, répond-il avant de se précipiter pour accueillir les clients qui viennent d'entrer.

Maman se hâte de rejoindre le groupe pour prendre les commandes avec Tony. Je la suis, un pichet d'eau entre les mains, pour remplir les verres.

Quand tous les verres sont pleins, maman m'ordonne d'aller m'asseoir. Une fois installée à une table, je sors mon guide de l'Espagne de mon sac. Je regarde longuement la couverture. Si nous étions aussi riches que les parents de Kendra, je n'aurais pas besoin de bourse. Si nous étions aussi aisés que ceux de Caleb et Leah, nous pourrions payer mon voyage sans faire de calculs. Leur père est un chirurgien-dentiste, il soigne tout le sud-est de l'Illinois.

C'est dans ces moments-là que je repense au divorce de mes parents. Maman m'a expliqué qu'ils avaient simplement pris des directions opposées. Le travail de mon père le faisait voyager, alors qu'elle restait à la maison. Le week-end, il avait envie de se reposer et elle voulait sortir. Papa a fini par ne plus rentrer le vendredi. Et maman s'en moquait.

Je ne sais pas comment se comporte avec lui sa nouvelle femme, mais mon père me manque. Jamais je ne parle d'aller le voir car je crains de ne pas avoir de place dans sa nouvelle vie.

Irina sort de la cuisine et interrompt mes réflexions.

– Maggie ! J'ai une nouvelle tarte au chocolat à te

faire goûter ! crie-t-elle avec entrain, et un fort accent russe.

Mon estomac frétille à l'idée de ce délice bourré de sucre.

– Avec plaisir, j'ai besoin d'un remontant. Il y a un problème avec mon voyage en Espagne.

– Que se passe-t-il ? demande Irina, stupéfaite.

– C'est compliqué, dis-je en haussant les épaules.

Au moment où je prends ma première bouchée, une vieille dame grisonnante, en pantalon blanc et veste turquoise, entre dans le restaurant. M. Reynolds l'accueille en l'embrassant sur la joue.

– Maman, pourquoi ne m'as-tu pas prévenu que tu allais passer ? lui demande-t-il. Gladys n'est pas avec toi ?

– Je l'ai renvoyée. C'était qu'une enquiquineuse. Et puis je n'ai pas besoin qu'on s'occupe de moi. Je suis venue jusqu'ici sans l'aide de personne.

M. Reynolds semble soucieux.

– Maman, comment se fait-il que tu t'entendes aussi mal avec toutes les personnes que j'engage pour t'aider ? Je parie que tu ne les vires que pour m'embêter.

La vieille dame se redresse et relève le menton comme une enfant rebelle :

– Je n'ai besoin de personne.

– Tu as des problèmes cardiaques, maman.

D'un geste de la main, elle balaie sa remarque.

– Va t'asseoir à une table, ordonne-t-il. Tiens, suis-moi que je te présente la fille de Linda. Maggie, je te présente ma mère. Maman, voici Margaret, mais tout le monde l'appelle Maggie.

Je souris en tendant la main.

– Enchantée de vous connaître, madame Reynolds. Est-ce que c'est vous la vraie tante Mae ?

La vieille dame me serre la main.

– Mon Dieu, non ! Mae était le nom du premier chien de mon fils.

Incroyable ! J'attends la confirmation de M. Reynolds. Celui-ci sourit d'un air penaud.

– C'est vrai, mais chut, c'est un secret. Si on apprenait que j'ai donné le nom de mon chien à ce restaurant, plus personne ne viendrait, murmure-t-il.

J'en doute sincèrement. Tante Mae est bondé presque tous les soirs et il n'y a aucun réel concurrent à des kilomètres à la ronde.

– Je ne savais pas que Linda avait une fille. Quel âge as-tu, Margaret ?

– Dix-sept ans.

– Elle vient d'entrer en terminale, maman, annonce le patron d'une voix forte, comme si sa mère était sourde. Et elle doit partir en Espagne en janvier, pour étudier. Veux-tu t'asseoir à sa table ? Elle va te raconter. Je vais demander à Irina de te préparer quelque chose à manger.

– Dis-lui que je veux quelque chose de léger, ordonne Mme Reynolds avant de s'installer en face de moi.

Voyant mon assiette, elle ajoute :

– Finalement, je veux une bonne part de cette tarte, moi aussi.

Elle passe un moment à me dévisager en silence.

– Pourquoi as-tu autant envie de quitter Paradise ? demande-t-elle, comme si elle avait réussi à lire dans mes pensées.

– Pour changer, dis-je afin d'éviter qu'elle ne creuse le sujet.

Mécontente, elle fait claquer sa langue.

– Si tu n'as pas envie d'en parler, dis-le clairement. Pas la peine de tourner autour du pot.

Depuis un petit moment, je suis occupée à faire sauter mon vernis à ongles. Brusquement, je m'arrête pour lever les yeux vers elle.

– Je n'ai pas envie d'en parler.

La vieille dame tape dans les mains.

– Très bien. Si tu ne veux pas en parler, n'en parlons pas.

Un silence gêné s'installe. Je ne veux pas être désagréable, mais à quoi bon évoquer ma vie qui n'est plus qu'une succession de déceptions ? À croire que le malheur me poursuit et que je suis maudite. Si seulement je savais comment rompre le mauvais sort qui m'est tombé dessus !

– Je suis certaine que tu as de bonnes raisons de ne pas vouloir en parler, reprend finalement Mme Reynolds. J'imagine qu'il t'est plus agréable de ruminer en silence que de te confier à quelqu'un qui n'a rien de mieux à faire qu'écouter.

J'engloutis un autre morceau de tarte, les yeux fixés sur la salière posée au bout de la table.

– Tu veux du sel ? demande Mme Reynolds avec un demi-sourire.

– Ils ont annulé ma bourse d'études, finis-je par marmonner en regardant la vieille dame assise en face de moi.

Contrairement à ce que j'avais imaginé, je ne lis aucune pitié sur son visage. Elle a plutôt l'air… en colère ?

– Et pourquoi ont-ils fait une chose pareille ?

Lentement, je mâche et puis j'avale. Les mains croisées sur la table, elle m'observe intensément, dans l'attente d'une réponse.

– J'avais obtenu une bourse sportive, mais comme j'ai cessé de jouer au tennis, ils l'ont annulée. Je peux quand même partir, mais le voyage est à mes frais et nous n'avons pas les moyens.

Elle soupire, puis s'adosse confortablement.

– La chance finira peut-être par tourner, tu sais…

Ouais, sûrement. Tout ce qu'il me faut, c'est un peu de poudre de perlimpinpin et une bonne fée. Je meurs d'impatience d'en voir une surgir avec sa baguette magique !

13

CALEB

– Caleb, comment se sont passés tes examens ? crie ma mère de la cuisine.

Je me lave les mains pour la troisième fois de la soirée. J'ai de la peinture rose jusqu'aux coudes, souvenir de ma mission au service de la communauté. Les retraités pour lesquels j'ai travaillé veulent une cuisine fuchsia pour aller avec leurs roses artificielles.

– J'ai fait de mon mieux, maman.

– Espérons que ça suffira.

Je me sèche les mains en me demandant si, un jour, elle cessera de me traiter comme un étranger. J'ai envie de découper sa carapace en plastique à la scie...

Le téléphone sonne.

– C'est pour toi. C'est Damon, dit-elle en me tendant le combiné.

– Salut, dis-je en prenant l'appareil.

– Le responsable du Magasin du Bricolage m'a dit que tu étais arrivé en retard.

Et merde.

– J'ai dû rester à l'école parce que…

– J'en ai déjà trop entendu ! Inutile de gaspiller ta salive. Avec moi, c'est tolérance zéro ! Tu t'es engagé à effectuer des travaux et à te présenter à l'heure. Point barre. Compris ?

– Compris.

– Ça sera inscrit dans ton dossier, Caleb. Je peux demander au juge de te renvoyer à l'E.P., tu le sais. Alors que cela ne se reproduise plus.

– Ce n'était pas de ma faute.

– Si je touchais un dollar à chaque fois qu'on me dit ça, je serais millionnaire.

Dur à cuire, le Damon.

– J'ai compris. Je ferai gaffe.

– Tant mieux. Je te rappelle demain, conclut-il avant de raccrocher.

En reposant l'appareil, je m'aperçois que maman a écouté la conversation.

– Tout va bien ? demande-t-elle.

– Ouais, ouais.

Rien que du bonheur.

– Bon, très bien. Je vais faire une course, annonce-t-elle en attrapant son sac à main posé sur le canapé. Je dois préparer mes Spaghettis Spectaculaires pour le festival d'automne, samedi soir.

Maman se porte toujours volontaire pour tout un tas de conneries. Selon moi, elle aime attirer l'attention. Avec ses Spaghettis Spectaculaires, elle remporte tous les ans le prix de la meilleure recette décerné par son club de femmes au foyer. Ses récompenses sont proprement alignées sur la cheminée du salon…

Elle quitte la maison en courant, comme si elle était débordée.

– Elle est timbrée, tu sais, me lance Leah de l'entrée de la cuisine.

Aujourd'hui, ma sœur porte un jean noir avec des chaînes qui pendent de partout. L'une d'elles relie les deux jambes entre elles. Comment fait-elle pour marcher avec un truc pareil ?

J'observe ma mère qui s'éloigne, à travers la fenêtre du salon.

– J'en sais quelque chose, dis-je d'une voix rêveuse.

– Tu penses que tout redeviendra comme avant ? demande Leah avec une note d'espoir.

– Ce serait bien…

Alors qu'elle s'apprête à retourner dans la cuisine, je balbutie :

– Est-ce qu'il t'arrive de lui parler ?

– À qui ?

– À Maggie…

Elle se fige et secoue lentement la tête.

– Pas une seule fois depuis l'accident ?

Elle secoue encore la tête.

– Je n'ai pas envie d'en parler, Caleb. S'il te plaît, ne me demande pas de parler de ça. Pas maintenant.

– Quand, alors ?

Pas de réponse.

– Un jour, il faudra bien qu'on en discute, tu ne crois

pas ? Tu ne vas pas pouvoir éviter cette conversation jusqu'à la fin de tes jours.

J'enfile ma veste, j'attrape un ballon de basket dans le garage et je sors. Évitant de regarder la maison des Armstrong, je pars de l'autre côté, en direction du parc. J'ai besoin de faire quelques paniers pour m'éclaircir les idées.

Ma sœur est trop mal. C'est elle qui aurait besoin de suivre une thérapie. C'est moi qui ai vécu enfermé pendant un an, mais ce sont ceux qui sont restés ici, à la maison, qui sont devenus timbrés. Quelle ironie ! C'est presque comique…

Le jour suivant, je suis de retour dans le bureau du proviseur. Mes deux parents ont dû m'accompagner pour découvrir en même temps que moi les résultats de mes examens. Putain, ça me gonfle.

Meyer ouvre mon dossier et l'étudie. Les dossiers aussi commencent à me gonfler. Surtout ceux qui me concernent.

L'avocat chargé de ma défense avait un dossier retraçant l'accident, mon arrestation et toute l'histoire de ma vie. À l'E.P., le surveillant-chef avait un dossier globalement similaire. Comme si je n'étais plus une personne. Comme si l'on m'avait réduit à des mots choisis et écrits par d'autres. Même Damon se fie à un fichu dossier. S'ils se posent tous des questions, pourquoi ne s'adressent-ils pas directement à moi ?

– Caleb nous a surpris en obtenant de très bons

résultats dans toutes les matières, mais c'est insuffisant en sciences sociales, déclare Meyer.

Le sourire de ma mère perd aussitôt de son éclat.

– Il doit s'agir d'une erreur...

Je me tourne alors vers mon père, qui me regarde avant de prendre la parole :

– Caleb a suivi le programme académique en... au département des mineurs.

Meyer lève une main pour l'arrêter.

– C'est possible, docteur Becker. Mais il a échoué en sciences sociales, et il n'a pas obtenu suffisamment de points pour être admis en terminale.

Je sens que je vais dire ce que j'ai envie de dire depuis le début. Allez, tant pis pour les conséquences :

– Et si je laissais tomber les études ?

Ma mère fronce les sourcils.

– Ne fais pas ça, Caleb.

Wah, enfin une réaction à chaud, et en public !

Pour mon père, c'est pareil.

– Il n'en est pas question, Caleb. Je suis certain que M. Meyer va trouver une solution. Qu'en dites-vous ?

L'homme inspire profondément et sort un autre dossier, ce qui fait monter en moi une sérieuse envie de rire. Il en tourne les pages pendant qu'on poireaute en silence.

– Bon, il pourrait suivre les cours de sciences sociales de première mais entrer en terminale pour toutes les autres matières.

– Quelle merveilleuse idée ! s'écrie ma mère.

Mon père, lui, se contente de hocher la tête.

– Par contre, il devra suivre les cours de soutien pendant l'été et passer les examens à la rentrée. Ce n'est pas idéal, mais…

– C'est parfait, n'est-ce pas, Caleb ?

Des cours pendant l'été ? Je préférerais me faire arracher les ongles.

– Je vais faire ce qu'il faut, papa.

Mon regard s'échappe par la fenêtre, survole les voitures qui passent devant l'école et suit les oiseaux qui s'envolent vers l'inconnu.

– Caleb, tu devrais aller chercher le planning de cours, suggère le proviseur. Demande-le à ma secrétaire. Si tu te dépêches, tu peux encore assister au dernier cours de la matinée.

Je sors en même temps que mes parents, sans un mot. Au passage, la secrétaire me tend mon emploi du temps. Toujours en silence, je fonce vers la salle d'anglais des terminale. Merci à Meyer de m'obliger à entrer en classe en plein milieu d'un cours. J'ouvre la porte en grimaçant. Dans ma tête, j'entends une annonce : *Mesdames et messieurs, la principale attraction du jour… venu directement du centre de détention… Caleb Becker !*

J'avance vers le professeur ; trente paires d'yeux m'accompagnent.

– Que fais-tu ici ? me demande M. Edelsen.

– J'ai été admis en terminale.

Silence.

Regards lourds.

Muscles tendus.

– Dans ce cas, va t'asseoir.

Je me dirige vers le fond de la classe pour m'installer à côté de Drew Rudolph. Avant, on traînait ensemble. Avant tout ça…

Après le cours, c'est l'heure du déjeuner. J'achète une pomme et un Coca et c'est la tête droite que je traverse la cantine. Qu'ils parlent de moi autant qu'ils veulent ! Affronter ces gosses n'est rien comparé à ce que j'ai subi à l'E.P.

Dans un couloir, par hasard, je tombe sur Kendra.

– Salut, Caleb, dit-elle avec un accent aguicheur. Drew m'a raconté qu'il t'avait vu en cours d'anglais.

Je fais oui de la tête.

– Tu te souviens de nos cours d'anglais ?

Je ne suis pas prêt de les oublier. On demandait à aller aux toilettes en même temps pour se retrouver dans un couloir désert et se peloter autant qu'on le pouvait.

– Tu parles, si je m'en souviens.

Elle me sourit, dévoilant ses dents blanches et ses lèvres charnues. Je pourrais encore passer ma vie à embrasser ses lèvres…

– Bon, à plus tard, alors ? poursuit-elle en s'éloignant déjà.

– À plus, dis-je en admirant son postérieur qui se trémousse.

Après les cours, je dois réparer la clôture d'une vieille dame et remplacer les ampoules de son plafonnier. Avant de faire de la prison, le soir, je trouvais dix messages de Kendra me suppliant de la rappeler sur mon répondeur. Aujourd'hui, non seulement je n'ai qu'un seul message, mais en plus il est de Damon.

Je le rappelle, et notre conversation ressemble à ça :

– Caleb ?

– Quoi ?

– Bien bossé aujourd'hui. À l'heure, en plus.

– Merci.

– Continue comme ça. Je t'appelle après-demain.

Dingue ! Il va me ficher la paix pendant deux jours. C'est la fête !

Comme mon père travaille tard ce soir, je suis seul avec maman et Leah. À table, ma sœur repousse sa nourriture vers le bord de son assiette, sans vraiment y toucher. Ma mère, accaparée par ses amies qui ne cessent de l'appeler au téléphone, est comme absente. Je me demande même si elle a remarqué notre présence.

Plus tard, quand tout le monde dort, je peux enfin me détendre. Il n'y a qu'à ce moment-là que l'ambiance de la maison ressemble à celle que j'ai connue avant l'accident.

Étendu sur mon lit, je fixe le réveil depuis deux heures. Il est trois heures du matin, et je n'arrive pas à trouver le sommeil. Trop de pensées s'agitent dans mon esprit. Peut-être que je dormirais mieux sur un matelas dur et usé comme ceux de l'E.P. ?

Repoussant les couvertures, je me lève pour arpenter la chambre. La photo de Kendra collée à la tête de mon lit me fait l'effet d'une promesse. Je vais chercher le téléphone du salon pour le ramener dans ma chambre.

Je compose le numéro de Kendra, mais je raccroche avant la première sonnerie. Et si elle fréquentait un autre garçon ? Et si elle refusait de me parler ? Si elle sortait avec quelqu'un d'autre, c'est certain, je ne lui courrais pas après...

Je jette un coup d'œil à l'extérieur pour évaluer le temps qu'il me reste avant le lever du soleil. À l'E.P., il y avait toujours des gars qui n'arrivaient pas à s'endormir. Ils restaient assis sur leurs lits superposés ou passaient la nuit à se retourner en faisant grincer leur sommier. Certains pleuraient en silence, uniquement trahis par un reniflement occasionnel ou par leurs épaules tremblotantes. Même les plus jeunes faisaient tout pour avoir l'air de vrais hommes. Mais, en fin de compte, ce n'étaient que des gamins.

Je constate avec surprise que la lumière est allumée dans la chambre de Maggie. Au lycée, nous avons eu un cours commun. Je suis resté dans le fond de la salle alors qu'elle était assise au premier rang. Et quand la cloche a sonné, elle s'est précipitée dehors... S'imagine-t-elle qu'elle est la seule à garder des séquelles de cet accident ?

14

MAGGIE

Après le cauchemar que je viens de faire, je ne veux pas me rendormir. Je garde la lumière allumée pour rester éveillée. Cette fois, au moins, mes hurlements n'ont pas réveillé maman…

Ce cauchemar n'était pas comme les autres. C'est Kendra Greene qui conduisait la voiture, pas Caleb. D'habitude, c'est toujours lui qui tient le volant.

C'est sûrement parce que je les ai vus parler ensemble à la cantine.

À la cafétéria du lycée, on reconnaît tout de suite les étudiants les plus populaires : ils sont toujours ensemble, parlent fort et rient beaucoup. Les élèves plus discrets, eux, se regroupent à l'écart, aux tables du fond. Avant, je faisais partie des élèves populaires, comme la plupart des athlètes. Désormais, je fais bande à part, comme tous les solitaires. Je n'ai même pas ma place parmi les groupes les moins prisés. Avant, je me demandais où allaient les solitaires une fois leur déjeuner terminé. Maintenant que je suis des leurs, je sais qu'ils se rendent à la bibliothèque, où personne ne vient les déranger.

Caleb ne craint pas d'attirer l'attention, lui. Hier, il a traversé la cafétéria la tête droite et le regard fixe et s'est dirigé tout droit vers Kendra Greene. Tout le monde s'est arrêté pour observer leurs retrouvailles en silence. Sait-il que Kendra sort avec Brian ? À la façon dont il a admiré son derrière, j'ai l'impression qu'il se moque de savoir ce qui s'est passé pendant son séjour en prison...

Je tire les rideaux, poussée par l'envie de voir sa fenêtre. Il est un peu plus de trois heures du matin et il doit dormir profondément. Non, je me trompe. J'aperçois son ombre arpenter la chambre éclairée.

Refermant rapidement les rideaux, j'éteins la lumière et je retourne me coucher. Mais je me sens confuse et mon cœur bat la chamade.

La vérité, c'est que j'en pinçais pour lui, avant l'accident. Quand Leah et moi jouions à la Barbie ou à nous déguiser, il venait systématiquement nous taquiner. Quand il nous manquait un garçon pour participer à un numéro, nous parvenions toujours à le convaincre. Et si nous montions un spectacle de danse classique, nous pouvions compter sur lui pour faire le public.

Je me souviens très bien du jour où je suis tombée raide dingue de Caleb Becker. Nous étions en sixième ; j'avais cassé une chouette en céramique à laquelle sa mère tenait beaucoup, et, sans hésiter, il avait affirmé que c'était lui le responsable.

Leah était en train de se préparer à l'étage et je

l'attendais au salon. Nous devions aller jouer au tennis au parc. Caleb m'a surprise en dévalant les escaliers avec son sabre laser. J'ai brandi ma raquette comme une arme et l'ai fait tournoyer pour repousser son assaut. C'est son attaque que je comptais démonter, pas la chouette en céramique posée sur le buffet familial. Caleb n'a jamais dit que c'est moi qui avais cassé le bibelot. Il ne m'a même pas citée comme complice. Il a été privé de sorties pendant un mois et, sans s'en rendre compte, il est devenu mon héros.

Après ça, j'ai pris l'habitude d'observer Caleb de la fenêtre de ma chambre quand il jouait au catch avec ses copains, ou lorsqu'il organisait un rassemblement de scouts dans son jardin. En cinquième, il a commencé à tondre régulièrement la pelouse en écoutant de la musique. J'arrivais à peine à me concentrer sur mes devoirs tant j'étais happée par ses allers-retours incessants derrière sa tondeuse. Et j'étais fascinée par ses muscles saillant sous son tee-shirt tandis qu'il formait des tas d'herbe pour les jeter dans des sacs-poubelle...

Parfois, il me surprenait à ma fenêtre et m'adressait un signe de la main. La plupart du temps, je lui rendais son salut, mais je m'empressais de fermer les rideaux pour ne plus les rouvrir pendant une semaine. Je ne voulais à aucun prix qu'il découvre mes sentiments. Quelquefois, cependant, je faisais semblant de ne pas l'avoir remarqué, et il devait bien savoir que je l'espionnais.

Rien dans le comportement de Caleb n'a jamais laissé penser qu'il puisse voir en moi autre chose qu'une amie. Et je me contentais d'espérer qu'un jour il me considérerait comme une vraie fille et non plus comme la copine casse-pieds de sa sœur jumelle…

Au cours des années de collège, il a eu quelques petites copines, mais rien de sérieux.

Jusqu'à ce qu'il rencontre Kendra.

Ils sont sortis ensemble dès leur entrée au lycée. Kendra venait tous les jours chez lui. Ils étaient inséparables. À chaque fois que, par ma fenêtre, je les surprenais dans un moment d'intimité, mon cœur chargé d'espoir s'effritait un peu plus.

C'est à peu près à la même époque que mon père est parti. Dès lors, ma vie s'est résumée à cela : attendre désespérément l'amour de mon père et de Caleb. Qu'ils m'aiment comme je les aime.

Que dois-je faire pour que ceux que j'aime m'aiment en retour ? La seule chose pour laquelle j'étais douée, c'était le tennis. Alors je me suis entraînée, j'ai joué, je me suis imposé des défis et Caleb a fini par me remarquer. Quant à mon père, je lui ai envoyé tous les articles de la presse locale évoquant mes victoires, mais il n'est pas venu me voir jouer une seule fois.

Un jour, j'ai vu Caleb et Kendra coucher ensemble sous une couverture, dans le jardin. Je suis certaine qu'il m'a vue, postée à ma fenêtre. Il savait que je le regardais, mais il ne m'en a jamais parlé. J'étais tellement gênée qu'après cela, j'ai cessé de l'espionner.

Je ressasse sans arrêt la nuit de l'accident. La conversation que j'ai eue avec Caleb avant qu'il me renverse, et les histoires que j'ai entendues après les faits.

Il était ivre, il n'y a aucun doute. Les policiers qui l'ont arrêté lui ont fait passer un test d'alcoolémie. Mais était-il saoul au point de ne plus savoir ce qu'il faisait ?

Sa petite amie le trompait et je venais de le lui apprendre.

– Tu mens, avait-il rétorqué.

– Non, je ne mens pas. Je l'ai vue avec un autre.

Je n'avais pas précisé que cet autre était en réalité son meilleur ami.

Il m'avait saisie par les épaules, me serrant si fort qu'il m'avait fait mal. C'était la première fois qu'il posait une main sur moi. Sa violence m'avait fait monter les larmes aux yeux.

Ce soir-là, j'avais laissé mes peurs de côté pour exprimer mon amour.

– Je t'aime, avais-je déclaré. Je t'aime depuis toujours. Ouvre les yeux, Caleb. Kendra te prend pour un idiot.

Il avait ôté ses mains de mes épaules, comme s'il s'était brûlé les doigts à mon contact. Puis il avait eu ces phrases qui continuent à résonner dans ma tête, encore aujourd'hui :

– Tu ne comprends donc pas, Maggie ? Il n'y aura jamais rien entre nous. Alors cesse de raconter n'importe quoi sur ma copine, ou tu vas avoir des problèmes.

Et s'il avait fait exprès de me renverser ? S'il n'avait pas perdu le contrôle de son véhicule ? J'ai beau essayer de me raisonner, me répéter que c'est impossible, au fond de moi, demeure ce doute qui me hante.

Je finis par me rendormir, mais pour plonger dans un sommeil qui n'a rien de reposant. Je rêve que je suis prisonnière de Paradise, incapable d'échapper à mon propre passé...

Le lendemain, à mon retour du lycée, je trouve un message de Mme Reynolds sur notre répondeur. Elle a laissé son numéro et je la rappelle. Elle me propose alors un petit boulot du soir, après les cours... en tant que dame de compagnie.

– Pourrais-tu venir chez moi, à Hampton, pour que nous en parlions ? propose-t-elle. D'après mes calculs, cela devrait te permettre de partir en Espagne.

Aussitôt, je reprends le bus dans l'autre sens, direction Hampton, à quinze minutes de Paradise. Pendant tout le trajet, je songe à la proposition de Mme Reynolds. Quel est le rôle d'une dame de compagnie ? Jouer aux échecs et l'écouter parler des jours anciens ? Rien d'insurmontable, en somme. Même avec ma jambe, je suis capable d'y arriver. Je m'imagine en train de préparer son goûter, ou un rafraîchissement, avant de m'asseoir près d'elle pour parler chiffons. Autrefois, Leah et moi pouvions parler de tout et de rien pendant des heures. Papoter avec une vieille dame doit être différent, mais ça peut être agréable, malgré tout.

Je sonne à la porte.

– Entre, Margaret, me dit Mme Reynolds avec un grand sourire.

Je prends place sur son luxueux canapé crème en m'efforçant de faire bonne impression. *Maggie, laisse le passé derrière toi et concentre-toi sur l'avenir,* me dis-je.

Avec ses yeux verts si pétillants, si vivants qu'ils sont comme un défi à son âge, Mme Reynolds pourrait rivaliser avec les pom-pom girls du lycée.

– Serais-tu prête à travailler pour une vieille dame grincheuse comme moi, Margaret, si cela te permettait de faire ce voyage en Espagne à la fin de ton contrat ?

– Je suis sûre que vous avez beaucoup de choses à m'apprendre, dis-je en gardant les mains posées sur les genoux pour les empêcher de s'agiter.

– Tu dis ça parce que je suis vieille ? ricane-t-elle.

– Euh, non, je...

– Allez, inutile de prendre des gants avec moi. Ne perdons pas de temps. Sais-tu cuisiner ?

Est-ce que les nouilles au gruyère, ça compte ?

– Oui.

– Jouer au rami ?

– Oui.

– Est-ce que tu as tendance à parler pour rien ?

– Pardon ?

– Est-ce que tu parles pour ne rien dire, ou est-ce que tu préfères te taire si tu n'as rien d'intéressant à dire ?

– Je préfère me taire.

– Tant mieux. Je déteste le bavardage superflu.

– Moi aussi.

En effet, elle n'est pas du genre à marcher sur des œufs.

– Je veux que tu sois présente de quinze heures trente à dix-neuf heures, tous les jours de la semaine, plus quelques heures le week-end. Je peux t'accorder une heure de pause pour faire tes devoirs.

– Je suis embauchée ?

– On dirait bien. Je te paie mille cinq cents dollars par mois, ce qui est suffisant pour t'offrir tes cours à l'étranger. Tu peux commencer dès lundi, après le lycée.

Waouh ! Je n'en reviens pas. C'est tellement plus que ce que j'aurais pu gagner en travaillant ailleurs !

– C'est trop, madame Reynolds. Vous n'êtes pas obligée…

– C'est possible. Mais tu veux aller en Espagne, oui ou non ?

– Bien sûr, mais…

– Pas de *mais*. Les *mais*, c'est du bavardage superflu.

Mme Reynolds se lève en s'appuyant sur sa canne. Cela me rappelle un petit détail utile.

– Je boite, vous savez ?

– Moi aussi, me répond-elle. Et la plupart de mes amis aussi. Enfin, ceux qui ne sont pas encore morts. Tant que tu ne te plains pas de ta jambe, je ne me plaindrai pas de la mienne.

Et cette phrase incroyable conclut mon entretien d'embauche.

15

CALEB

– Hé, Caleb, viens t'asseoir avec nous ! hurle Brian, du centre de la cafétéria.

J'avais prévu de m'installer à côté de ma sœur, le temps d'engloutir mon sandwich. Aujourd'hui, elle a peint ses lèvres d'un noir de jais assorti à son jean. Maman n'a eu aucune réaction en la voyant descendre, ce matin. Moi, je la trouve horrible. Celui qui a inventé ce truc à faire des bouches noires doit avoir de sérieux problèmes existentiels.

Le nez plongé dans un livre, elle marmonne :

– Va rejoindre tes amis. Je m'en fiche.

– Tu ne veux pas venir avec nous ?

– Est-ce que j'ai l'air d'avoir envie de m'asseoir avec eux ?

Les mains posées sur la table, je lui réponds :

– Si tu essaies de me foutre les jetons avec tous ces trucs noirs à la con, c'est raté. Tu ferais bien d'arrêter de jouer au zombie. Ça me porte sérieusement sur le système.

Loin d'apprécier mon honnêteté, elle saisit ses livres et se précipite vers la sortie.

Que faire ?

Dois-je me joindre à mes vieux amis ? Ce n'est pas l'envie qui manque, mais je crains d'être bombardé de questions sur la prison. Ces gars ne survivraient pas une seule journée à l'E.P. À tous les coups, ils me prendraient pour un menteur si je leur racontais ce qu'il s'y passe réellement.

Personne n'est à l'abri d'une condamnation. Toutes les origines ethniques, toutes les religions, et tous les calibres sont représentés. Des juifs et des chrétiens, des musulmans. Des gosses de riches qui se croyaient au-dessus des lois, et des gamins de la misère qui ne savent rien à rien.

Les accidents ne sont pas rares à l'E.P., et certains sont intentionnels. Les gangs dominent la masse, même chez les mineurs. Quand une bagarre éclate, il vaut mieux éviter de rester dans les parages.

Le directeur Miller réserve le même accueil à chaque nouvel arrivant : « *Je m'appelle Scott Miller. Bienvenue chez moi. Le matin, tu dois te lever à 5 h 45 et filer à la douche. Tu as cinq minutes, et pas une de plus, pour faire ta toilette. Ta journée se découpe en trois parties, et tu as huit heures de cours. On s'entendra à merveille aussi longtemps que tu respecteras mon règlement. Sinon… toi et moi allons avoir un grave problème. Tu peux demander à qui tu veux, ici : on te répondra que personne n'a envie de se frotter à moi. Ceux qui me cherchent ont le droit de passer vingt-trois heures d'affilée en cellule. Des questions ? »*

Warden Miller n'explique pas l'absence de papier toilette dans les cellules. Ça fait partie des choses que l'on apprend sur le tas. Quand on est assis sur le trône et qu'on a besoin de s'essuyer. Le bouton d'appel qui permet de demander un rouleau se trouve à l'autre bout de la pièce, à l'opposé de la cuvette sur laquelle on est coincé, les fesses à l'air.

Je me dirige finalement vers le groupe de Brian.

– Alors, ça va, les gars ? Où sont toutes les filles ?

Drew, qui est assis en face de moi, lève les yeux au ciel.

– Elles s'entraînent pour les épreuves de sélection des pom-pom girls.

– Brianne et Danielle ont préféré les pom-pom girls à l'équipe de tennis, cette année ?

– C'est à cause de Sabrina, explique Tristan. Comme elle ne joue pas assez bien au tennis, elle les a convaincues de passer les auditions des Pantherettes.

On dirait que je me suis absenté trop longtemps. Ou alors j'ai mal entendu.

– C'est quoi, une Pantherette ?

– Réveille-toi, Caleb ! me lance Brian. Les Pantherettes sont les nouvelles pom-pom girls de l'équipe de lutte. Autrement dit, les Paradise Panthers...

– Des pom-pom girls pour les lutteurs ?

– Des Pantherettes, mec, confirme Drew. Impossible de ne pas les aimer. Comme beaucoup d'écoles avaient leur troupe, on a formé la nôtre.

– Tu as l'intention de combattre cette année ? intervient Tristan. Il se peut que Wenner entraîne pour la dernière année. Il va avoir un gosse cet été, et je crois qu'il veut garder ses samedis pour s'occuper de son môme.

– Je ne peux pas. Je dois bosser après les cours, dis-je en omettant volontairement d'expliquer qu'il s'agit de travaux d'intérêt général et que si je rate une mission, je risque de retourner en taule.

Brian mord dans son sandwich avant de poursuivre, la bouche pleine :

– Nous avons besoin de toi, mec, si on ne veut pas se faire écraser comme l'an dernier.

Tristan et Drew approuvent d'un signe de tête. Rien de tel que des confrères qui vous mettent la pression pour flancher. Je m'en rends compte, maintenant : mes copains m'ont manqué.

– Bon, disons que s'il y a un match auquel je puisse participer, je le ferai.

– Voilà ce que je voulais entendre.

– Mais si vous pensez sérieusement que je peux tout changer à moi tout seul, vous vous trompez.

Drew secoue sa tignasse bouclée.

– Tu as cloué Vic Medonia au sol, Caleb. Ce mec est énorme. C'est une légende vivante et tu l'as écrasé à dix secondes de la fin.

– C'était à au moins cinq minutes de la fin, corrige Tristan.

– Peu importe, monsieur je sais tout, réplique Drew.

Je mords dans mon sandwich, laissant Tristan et Drew s'expliquer. Rien n'a changé, finalement. Sauf que Kendra n'est pas là... Et que ma sœur refuse de se mêler au monde des vivants.

C'est alors que toutes les filles, hormis ma sœur, débarquent dans la cafétéria. Sabrina, Danielle et Brianne entrent les premières, suivies par Kendra et Hannah, sa meilleure amie.

– Comment s'est passé l'entraînement ? demande Tristan.

– C'est tellement chou de t'intéresser à ça, fait Brianne en posant une main sur son épaule.

Drew toussote.

– Les filles, vous pourriez nous faire un petit numéro ?

– Ici, dans la cafétéria ?

– Pourquoi pas ?

Kendra m'adresse un clin d'œil discret avant de répliquer :

– Pas de problème. C'est parti, les filles !

Elle se place devant les autres tandis que Brianne, Sabrina, Danielle et Hannah s'ordonnent derrière elle.

– Prêtes ? demande-t-elle en levant les mains.

– Oui ! s'exclament les filles.

Elles tapent dans les mains pour accompagner leurs sauts et leurs chants :

On va les démolir, on est les meilleurs
Oui, on va les plaquer
Sans jamais toucher le sol
La victoire est à nous
On va les écraser, les chevaucher, les immobiliser

Le point est à nous,
Allez, les Panthères, on va gagner !

Les filles terminent leur spectacle débordant d'énergie sur une combinaison de sauts et de coups mimés.

Drew se lève pour applaudir.

– C'était génial ! Est-ce que vous pourriez refaire la partie où vous mimez le chevauchement ?

– La ferme, Drew, le coupe Kendra.

– Quoi ? C'était pour admirer le mouvement.

– C'est ça, grommelle Danielle en s'asseyant à côté de Brian.

– Si tu as admiré quelque chose, c'était plutôt nos seins.

– Que veux-tu ? Je ne suis qu'un ado bourré de testostérone. Je parie que Caleb les a admirés lui aussi ; il n'en a pas vu depuis un an. Je me trompe, Caleb ?

J'aurais dû me douter que le sujet de la prison n'allait pas tarder à m'exploser au visage. Super ! À présent tout le monde attend la petite phrase de l'ex-taulard. Kendra comme les autres. Je me lève pour quitter le réfectoire. Aucune envie de répondre à ce genre de conneries.

– C'était pour rire, Caleb. Reviens ! crie Drew.

À l'E.P., nous avions des cours pour apprendre à gérer notre colère. On nous apprenait principalement à éviter les confrontations, et à canaliser notre énergie pour l'exprimer sans violence. Puisqu'un coup de poing dans la mâchoire de Drew n'est pas envisageable, je me dirige vers la salle de sport et saute directement sur le punching-ball. Je m'acharne sur le sac au point de creuser une marque profonde. Mes phalanges sont en sang, et alors ?

– Vas-y mollo avec ce truc, intervient Wenner, l'entraîneur.

Il se tient à côté des haltères, un café à la main. Le logo des *Panthers au combat* est brodé sur le devant de son tee-shirt.

Lâchant le punching-ball, j'enfonce mes poings à vif dans mes poches.

– On m'a dit que c'était la dernière année que tu entraînais l'équipe.

– Eh, oui ! L'année prochaine, c'est le Code de la route et la gym que j'enseignerai.

Je secoue la tête, incrédule.

– Le Code de la route ?

Ce type a toujours vécu pour la lutte et c'est pour elle qu'il se lève le matin.

– Ma femme veut m'avoir à la maison le week-end, quand le bébé sera né. Le plus important, c'est de faire ce qu'on pense être le mieux pour sa famille. Pas vrai ?

– Possible.

Wenner boit une gorgée de café et s'appuie contre le mur.

– Tu sais, ce qui s'est passé l'an dernier m'a stupéfait. J'aurais parié mon bras droit qu'un garçon comme toi ne se serait pas enfui du lieu de l'accident.

– Heureusement que tu n'as pas parié...

– Mouais, vu comme ça... Allez, va donc à l'infirmerie faire soigner tes phalanges, conseille Wenner avant de s'éloigner d'un pas tranquille.

16

MAGGIE

Manifestement, Caleb a repris le cours de sa vie sans problème. D'après Tristan Norris, il va même reprendre la lutte et les filles lui ont déjà servi leur numéro spécial de pom-pom girls.

Pour ma part, non seulement j'ai perdu mon amie Leah et tout le monde me prend pour un monstre vivant, mais en plus je ne pourrai plus jamais faire partie de l'équipe de tennis ni d'aucun autre club sportif de toute ma vie.

Il faut que j'arrête de me comparer à Caleb. Je m'en veux d'être ainsi. Je dois me concentrer sur le présent : le bus pour Hampton, mon premier jour de travail chez Mme Reynolds. J'aimerais tant que tout soit plus simple… Je sais que je suis amère, mais c'est plus fort que moi. J'ai trop souffert au cours de ces douze derniers mois, et voir les autres s'en tirer accentue mon sentiment d'être indésirable.

Je sonne à la porte de Mme Reynolds mais elle ne répond pas. Je garde le doigt appuyé sur la sonnette, en espérant qu'il ne lui soit rien arrivé. Avec la chance que j'ai, si ça se trouve, elle a décidé de me virer avant de me laisser commencer…

Après avoir posé mon sac chargé de livres, je contourne la maison et trouve la vieille dame endormie sur sa balancelle, un verre de limonade à la main. J'approche sur la pointe des pieds, et, lentement, sans faire de bruit, je saisis le verre.

– Que faites-vous là ? dit-elle en ouvrant un œil.

Je bondis en arrière.

– Je, euh, j'ai cru que vous dormiez.

– Ai-je l'air de dormir ?

Elle se redresse, les cheveux parfaitement mis en plis au sommet de son crâne, comme si elle sortait de chez le coiffeur.

– Assez papoté. Nous avons beaucoup de choses à faire aujourd'hui.

– Voulez-vous que je remplisse votre verre ou que je vous prépare quelque chose à grignoter ?

– Non. Tu vois ces sacs, là-bas ? explique Mme Reynolds en pointant un doigt biscornu vers le fond du jardin.

Une dizaine de sacs sont alignés dans l'herbe. Sur les étiquettes, on peut lire des noms étranges : Tourbillon abricot, Chromacolor, Leurre, Dérive, Trompette jaune, Zestes de citron, Nuage rosé.

– Ce sont des bulbes de jonquilles. Nous allons les planter.

Les planter ? J'ouvre le sac marqué Dérive pour

découvrir une trentaine d'oignons. Le sac voisin, celui des Zestes de citron, en renferme encore plus.

– Ne prends pas cet air ahuri, Maggie, dit Mme Reynolds. Ça ne met pas ton visage en valeur.

Plongeant ma main dans le sac Audubon, je m'empare de quelques oignons.

– Pour l'instant, ne t'embête pas à les sortir des sacs. Il faut commencer par tracer un plan.

– Un plan ?

– Bien sûr ! Tu n'as jamais rien planté de ta vie ?

– Juste quelques herbes aromatiques, en maternelle. Mais c'était dans un petit pot pour la fête des mères.

– Jamais de bulbes ?

Devant mon geste négatif, Mme Reynolds s'inquiète.

– Je dois te parler des jonquilles, Maggie. Elles sont parfumées, belles et revêches. Chacune a son parfum et sa personnalité bien à elle.

Ça alors ! Si je m'étais attendue à prendre une leçon de botanique...

– Pour commencer, il te faut une pelle, m'ordonne mon professeur. Il doit y en avoir une dans le garage.

Je me dirige vers le garage, dans le fond du jardin. C'est un bâtiment indépendant à deux niveaux. Sur le côté, des escaliers conduisent à l'étage, où des fenêtres poussiéreuses révèlent la présence d'une pièce. S'agit-il d'un bureau ? D'une chambre secrète ?

J'ai besoin de toutes mes forces pour soulever la porte du garage. Elle grince, mécontente, mais finit par céder pour dévoiler une grosse Cadillac noire couverte de toiles d'araignée. *Berk !* Allez, *Maggie, tu peux y arriver.* C'est avec soulagement que je repère la pelle, appuyée contre un mur, pas trop loin. J'avance lentement, le bras tendu vers le manche, en retenant mon souffle. Puis je retourne immédiatement auprès de Mme Reynolds, avec l'impression désagréable que des petites bêtes se promènent dans mes cheveux.

– Je l'ai, dis-je en levant la pelle comme un trophée.

– Nous allons commencer par préparer la terre, dit-elle, sans se laisser impressionner par ma prouesse.

Je m'approche des parcelles, et j'attaque le sol pour l'aérer avec soin. Mme Reynolds s'approche de moi sans bruit.

– Attends.

Elle me tend une sorte de long tablier fleuri rose et vert.

– Madame Reynolds, je ne peux pas porter ce truc-là.

– Pourquoi donc ?

J'ai suffisamment de mal comme ça à accepter mon physique…

– C'est… trop grand pour moi, dis-je en me sentant bête.

– Ne sois pas godiche, ces tabliers vont à tout le monde. Il n'en existe qu'une seule taille. Enfile-le.

J'enfile la tête à contrecœur et le tissu m'enveloppe comme une toile de tente.

Elle recule d'un pas pour mieux m'admirer.

– C'est parfait.

Je souris sans conviction.

– Bon, au boulot !

Pendant quarante minutes, Mme Reynolds me donne

des indications sur la taille des trous à creuser, sur les coussins de terreau qui doivent accueillir les bulbes, et sur leur positionnement. Ne pas les ordonner en rangées, le résultat manquerait de naturel, mais les éparpiller en les espaçant d'une douzaine de centimètres.

Je suis en nage, et je crains que ce ne soit que le début des tâches que Mme Reynolds veut me confier. Mais je vais faire mon possible pour garder ce boulot. Je suis prête à tout supporter si, au bout du compte, cela me permet de financer mon voyage.

Je m'assois par terre et essuie la terre qui me colle au visage.

– Qu'y a-t-il, là-bas ? dis-je en indiquant un bric-à-brac de bouts de bois.

– Ce sont les pièces d'un belvédère qui n'a jamais été construit.

– Comme dans *La Mélodie du bonheur*, quand le petit ami de Liesl chante *Sixteen going on seventeen* ?

– Exactement, mais je crains que ces bouts de bois ne soient toujours là après ma mort.

– Il faut que vous trouviez quelqu'un pour le monter.

– Faisons une pause. Et ne parlons plus de belvédères qui n'existeront jamais.

Ah, oui, j'oubliais... Pas de bavardage inutile.

– Que fais-tu ?

– Je me lève.

Mme Reynolds agite ses mains, comme si ses membres s'exprimaient à sa place.

– En général, les gens plient les jambes pour ça.

– Je ne peux pas plier la jambe.

– Qui t'a dit une chose pareille ?

Je me retourne pour la regarder dans les yeux. Est-ce une mauvaise plaisanterie ? Elle sait bien que je suis estropiée, non ? J'ai été renversée par une voiture ! Je ne serai plus jamais comme avant.

– Quand tu marches, tu la plies, ta jambe, insiste-t-elle. Je ne vois pas pourquoi tu ne pourrais pas la plier quand tu te lèves, c'est tout.

J'ai envie de l'envoyer promener. Pourtant, Mme Reynolds est la première personne qui, depuis un an, s'adresse à moi comme à une personne normale.

17

CALEB

C'est samedi soir. Maman frappe à la porte de ma chambre avant de se rendre au festival annuel de l'automne.

– Tu es sûr de ne pas vouloir venir, Caleb ? On va bien s'amuser.

Je n'en doute pas.

– Certain.

– Leah m'accompagne.

Comment ma mère s'y est-elle prise pour la convaincre ? Leah vit dans sa chambre comme un ours en perpétuelle hibernation.

– Je préfère traînasser à la maison, ce soir.

Hors de question que je me rende à cette foire où je serais l'attraction principale.

– Ton père et moi aimerions que tu y fasses une apparition. Le Dr Tremont et sa femme seront là et ton père a besoin qu'il continue à lui envoyer des patients. Mets l'une des nouvelles tenues que je t'ai achetées et affiche-toi comme la personne irréprochable que tu es.

Je ne suis pas d'humeur à passer des vêtements qui me coupent la respiration, ni à rejouer la comédie.

– Tu y tiens tant que ça ?

– Oui.

– Ok, je vous rejoins plus tard, dis-je sèchement.

Cette mascarade m'épuise d'avance.

– Merci, Caleb. Ça me fait plaisir, répond-elle comme si elle s'adressait à un collègue.

Qui est cette dame que j'appelle maman ? A-t-elle absolument besoin que je me déguise pour se souvenir que je suis son fils ?

Après leur départ, je descends me préparer du poulet grillé. Je vais manger à la maison, en tee-shirt et jean déchiré, avant de passer ma panoplie de parfait fils à sa maman.

Je suis installé à la table, dans la véranda, quand une voix familière m'interpelle.

– Je pensais bien te trouver là.

En me retournant, je découvre Kendra, toujours aussi superbe. Elle porte un tee-shirt serré rose et une jupe courte blanche.

– Tu ne vas pas à la foire ?

Elle vient s'accroupir tout près de moi.

– J'y suis allée mais tu n'étais pas là, murmure-t-elle d'une voix aguicheuse.

– Tu aurais aimé que j'y sois ?

– Non, parce que je te veux pour moi toute seule. Tu es une légende à Paradise. Tout le monde se bagarre pour apercevoir le dangereux Caleb Becker.

– C'est ce qu'on raconte ? Que je suis dangereux ?

– Je ne fais que rapporter la rumeur. J'ai entendu dire qu'il t'était arrivé beaucoup de choses, en prison, et que tu avais changé.

– Mais toi, qu'en penses-tu ? Tu crois que je suis devenu dangereux ?

Elle me regarde droit dans les yeux.

– Est-ce que c'était aussi pénible qu'on le raconte ?

– Parfois.

Elle enroule une mèche bouclée autour de son doigt.

– As-tu pensé à moi ?

– À peu près tous les jours, dois-je admettre. Et toi ?

Elle sourit.

– Tu m'as manqué. Mais j'ai été traumatisée par ce qu'il s'est passé.

– Écoute, Kend, c'était une nuit complètement dingue...

– Pas qu'un peu...

Je la dévisage avec attention. Je meurs d'envie de lui poser la question, et surtout de connaître sa réponse...

– Te souviens-tu de tout ?

Elle cligne deux fois des yeux avant de répondre :

– Non, j'étais presque aussi saoule que toi et je me suis sauvée quand les flics sont arrivés. Mon père est le maire de cette ville, tu comprends. Personne ne doit apprendre que j'étais impliquée dans cette histoire.

– Mmm. Ouais.

– Je ne pensais pas qu'on t'enverrait en prison, Caleb. Ça m'a... rendue dingue.

– Moi aussi, ça m'a rendu dingue. Mais je suis revenu, maintenant.

– Oui, tu es bel et bien là.

Si étonnante soit-elle, cette conversation est notre façon de définir ce qu'il reste de notre relation. Ma vanité me pousse à poser la question suivante :

– Es-tu sortie avec quelqu'un d'autre ?

– Personne qui ait de l'importance.

Qu'est-ce que ça veut dire ? Je ne suis pas jaloux, mais… bon, d'accord, je le suis. *C'est avec toi qu'elle est, en ce moment,* me sermonne une voix dans ma tête.

J'ai si souvent rêvé de l'instant où je pourrais à nouveau l'embrasser et me frotter contre elle, jusqu'à mourir de plaisir.

– Viens par ici. Ça fait si longtemps, Kend, dis-je en l'invitant à s'asseoir sur mes genoux.

Ma libido se réveille brusquement, prête à l'accueillir dans l'instant. Elle s'installe sur mes cuisses et entoure ses bras autour de mon cou. Quand elle me sourit, je pose un regard gourmand sur ses lèvres humides et chatoyantes.

Saisissant une mèche de ses cheveux dorés, j'entortille ses boucles entre mon pouce et mon index. Ils n'ont pas la même texture qu'avant. Ils étaient plus doux. J'ai toujours aimé jouer avec sa chevelure.

– Tu as fait une couleur.

– Je les ai éclaircis. Ça te plaît ?

Comment dire… Qu'au toucher, ils évoquent plus la paille que la soie ?

– Il me faut du temps pour m'y habituer.

J'aurais déjà dû l'embrasser, mais quelque chose me retient. Pourtant, j'ai déjà embrassé Kendra un millier de fois. Elle embrasse divinement bien, et ses lèvres ne demandent qu'à être malmenées. Alors, qu'est-ce qui coince ?

Elle passe la main sur mon crâne rasé.

– J'espère que tu vas laisser repousser tes cheveux. À quoi je vais m'accrocher, maintenant ?

– On verra.

– Tu en fais des mystères, dis-moi, rit-elle. Tu m'as manqué, tu sais ?

Si je lui ai tellement manqué, d'où me vient cette impression qu'elle me cache quelque chose ? Merde, je dois arrêter de me prendre la tête.

D'une main, je rapproche son visage du mien. Quand nos lèvres se touchent, le parfum de cerise de son baume brillant me submerge.

Nos bouches se touchent, mais l'odeur de la cerise me bloque. Je déteste le clafoutis, les cerises dans la salade de fruits comme les cerises confites au sommet des coupes glacées. Je hais tout autant le Coca à la cerise.

Nos lèvres se dévorent enfin. Kendra geint et sa langue se déchaîne. Elle grimpe à califourchon sur mes genoux.

Sans cesser de l'embrasser, j'ouvre les yeux sur la fenêtre de Maggie Armstrong. Et je me retrouve à espérer qu'elle ne me voie pas avec Kendra dans cette position.

Pourquoi est-ce important ? Aucune idée.

Je me recule et propose :

– Allons à l'intérieur.

Kendra se lève et, main dans la main, nous montons

dans ma chambre. Je m'essuie la bouche du plat de la main dans l'espoir de faire disparaître ce goût de cerise.

Elle s'allonge sur mon lit sans perdre une seconde. Contrairement à moi, elle ne se demande pas pourquoi nous ne prenons pas le temps de nous retrouver.

– C'est comme à la belle époque, commente-t-elle.

Pour ma part, je trouve l'instant sans charme, mille fois moins excitant. Est-ce parce que j'ai vieilli ?

J'enlève ma chemise avant de me glisser dans le lit, à côté d'elle. Aussitôt, elle me recouvre le torse de baisers.

– Wah, Caleb, tes pectoraux sont énormes !

Du bout des doigts, je joue doucement avec son nouvel anneau de nombril tout brillant.

– On dirait qu'on a tous les deux changé, hein ?

– Laisse-moi vérifier…

Elle descend le long de mon torse et s'arrête à la taille de mon jean. Quand elle commence à le déboutonner, je l'arrête.

Déconcertée, elle lève les yeux vers moi. Je ne peux pas le lui reprocher. Dans ma tête, tout est confus. J'ai besoin de temps, à tous les niveaux. Il y a un an, je lui aurais sauté dessus avant même d'avoir atteint la chambre, mais aujourd'hui…

– Qu'est-ce qui ne va pas ?

Je secoue la tête en passant une main sur mon crâne. Merde… Je suis en train de tout foutre en l'air.

Elle repose la tête sur mon épaule, et place un bras en travers de mon ventre. C'est agréable et je suis heureux qu'elle ne me force pas à parler. Peut-être qu'elle comprend, ou qu'elle sait que j'ai besoin de temps avant d'arriver à exprimer le bazar qui grouille dans ma tête ? Non, je fais fausse route, car au bout de quelques minutes, elle s'agite de nouveau.

– Je devrais retourner au festival avant que mes parents n'apprennent que je suis ici, annonce-t-elle en s'asseyant.

Repoussant vivement ses cheveux en arrière, elle remet ses chaussures et se lève.

Pour me rassurer, je me dis que le retour à la normale ne va plus tarder. Je suis chez moi, et j'ai retrouvé ma copine... Pourtant, je ne suis pas totalement à l'aise avec elle. Ses cheveux sont bizarres, ses lèvres ont un goût différent, et ses baisers sont plus voraces que sexy.

– Je t'ai vu parler avec Samantha Hunter, hier, lance-t-elle en se tournant vers moi.

Je m'adosse à la tête de lit, toujours torse nu.

– Elle voulait savoir si j'allais reprendre la lutte.

Agacée, Kendra pousse un soupir.

– Tu ne la trouverais pas mignonne, par hasard ?

– Elle est pas mal, dis-je en haussant les épaules.

– C'est une manipulatrice.

– Je ne m'intéresse pas aux autres filles, Kend, si c'est ce qui t'inquiète.

– C'est bon à savoir.

Les coins de sa bouche se redressent, mais elle mord rapidement sa lèvre inférieure.

– Je suis contente que tu sois revenu, mais...

– Mais quoi ?

– Je préférerais que ça reste entre nous, Caleb. Mon père prépare les élections de novembre et il m'a interdit tout contact avec toi.

Quoique ça n'ait rien d'étonnant, j'ai du mal à digérer la nouvelle.

– D'accord, je vois.

Franchement, que dire d'autre ?

Je raccompagne Kendra à sa voiture tout en me demandant ce que serait devenue notre histoire si je n'avais pas été incarcéré. Une chose est sûre : notre relation n'aurait pas eu besoin d'être tenue secrète.

Kendra sort un tube de rouge à lèvres de son sac. Devant le rétroviseur, elle ajoute soigneusement une couche de gloss à la cerise sur ses lèvres, effaçant d'un geste décidé le moment que nous venons de passer. Puis elle démarre et disparaît.

Je retourne à l'intérieur en secouant la tête. Dans ma chambre, je détache sa photo pour l'examiner.

C'est difficile d'être comme avant quand, autour de soi, tout a changé à ce point.

18

MAGGIE

J'ai enfilé un pull bleu ciel sur la longue robe imprimée que maman m'a offerte. Je n'ai pas eu le cœur de lui dire qu'aucune robe, si jolie et si longue soit-elle, ne pourrait effacer mes ignobles cicatrices.

Nous sommes en route pour le Paradise County Fairgrounds, la fête annuelle de la ville. Comme tous les ans, on a transformé le champ de foire en parc de loisirs, avec une grande roue et des stands de tir, et toute la ville doit être là.

Le pavillon qui abrite le buffet est recouvert de guirlandes clignotantes. On se croirait à Noël. Maman dépose ses brownies sur une table avant de scruter la foule du regard.

– Tiens, Lou est là, dit-elle en le montrant du doigt.

Assise à côté de lui, sa mère, ma patronne.

– On va dire bonjour ? dis-je.

– Bonne idée.

Nous voyant arriver à sa table, M. Reynolds se lève en souriant.

– Je suis content que vous soyez venue, Linda. Salut, Maggie.

– Bonjour, monsieur Reynolds. Bonjour, madame Reynolds.

Il se penche vers moi pour murmurer à mon oreille :

– Nous ne sommes pas au restaurant. Tu peux m'appeler Lou.

– Ça me fait bizarre…

Appeler le patron de ma mère par son prénom me semble trop… comment dire… familier.

– Bon, alors, quand tu seras prête, tu n'auras qu'à essayer.

Maman s'assoit à côté de lui et je contourne la table pour m'installer à côté de sa mère.

– Madame Reynolds, c'est très généreux à vous de faire travailler ma fille, dit maman. Je vous en suis très reconnaissante.

– C'est moi qui suis ravie. Notre première semaine a été très productive. N'est-ce pas, Maggie ?

J'ai toujours de la terre sous les ongles, malgré les brossages répétés.

– Mme Reynolds est une spécialiste des jonquilles.

– Quand tu reviendras d'Espagne, elles seront en fleurs.

Je songe à mon départ et ne peux retenir un sourire.

– Je meurs de faim. Si nous allions jeter un œil au buffet ? propose Mme Reynolds.

– Tu manges trop, maman, crie M. Reynolds pour couvrir la musique qui vient de commencer.

– Mon propre fils me prend pour une enfant, vous vous rendez compte ? s'énerve-t-elle.

– Franchement, tu ne...

Elle le fait taire d'un seul coup d'œil. Maman semble gênée, et je dois admettre que je le suis aussi.

M. Reynolds se tourne alors vers ma mère.

– Linda, voudriez-vous m'aider à montrer à ces jeunes à quoi ressemblaient les danses de notre époque ?

Quelle surprise ! Maman ne danse jamais. Elle et mon père venaient là tous les ans, mais je ne les ai jamais vus danser.

– Ça me plairait énormément. Maggie, ça ne t'ennuie pas ?

Avec mon approbation, elle accepte la main qu'il lui tend pour le suivre à l'extérieur. Je reste immobile, les yeux écarquillés. Est-ce que j'ai raté un épisode ? J'ai rêvé ou ma mère vient d'accepter de danser avec son patron ? Et la voilà qui se trémousse sur la piste, devant tout le monde. Du jamais-vu ! Je ne sais pas pourquoi, mais cela me gêne. Terriblement.

– Margaret, je suis prête à me servir une belle assiette, puisque mon fils qui se prend pour un médecin n'est plus collé à moi. Voudrais-tu m'aider ?

Je détourne mon attention de la reine du bal.

– Euh, oui, d'accord.

Mme Reynolds s'appuie sur sa canne pour rejoindre le buffet. Je commence à remplir son assiette en surveillant la piste de danse.

– Mais qu'est-ce que tu regardes comme ça ? demande-t-elle.

– Rien.

– Ce rien accapare toute ton attention, on dirait...

Devant les célèbres Spaghettis Spectaculaires de Mme Becker, je me demande avec inquiétude si Leah et Caleb sont ici, eux aussi... Et s'ils sont venus ensemble.

– Cela m'a l'air délicieux, déclare Mme Reynolds en indiquant les spaghettis.

– Ils sont vraiment bons, dois-je admettre. Mais avez-vous le droit d'en manger ? M. Reynolds a dit...

– Margaret, je suis une vieille dame qui aime les bonnes choses. Si je ne peux pas manger ce qui me plaît, autant m'enterrer tout de suite.

– Si vous le dites, dis-je prudemment.

J'en verse une cuillerée dans son assiette, mais son regard me pousse à en ajouter une seconde. Quand nous atteignons le bout du buffet, je ne peux m'empêcher de tourner la tête vers la piste de danse. Ouf, je ne vois ma mère nulle part ! Mais j'aperçois Kendra Greene qui danse un slow avec Brian Newcomb comme s'il était l'amour de sa vie.

Je rêve de rencontrer un garçon qui m'aimerait malgré mes défauts, et qui ne me quitterait pas pour la première fille parfaite venue. Pourquoi ai-je toujours l'impression que ce garçon n'existe pas ?

Une fois à table, je me demande comment fait Mme Reynolds pour faire entrer autant de nourriture dans un si petit corps ? Elle goûte les Spaghettis Spectaculaires, puis approuve d'un signe de tête.

– C'est comme une explosion de saveurs. C'est...

– Spectaculaire ?

– C'est ça, oui, confirme-t-elle avant que nous n'éclations de rire.

– Qu'y a-t-il de si amusant ? demande ma mère en revenant s'asseoir.

– Le plat de spaghettis. C'est vraiment spectaculaire, dit Mme Reynolds.

Le chanteur du groupe invite la foule à rejoindre la piste et plusieurs adultes se pressent devant la scène. Visiblement, tous ceux de ma classe passent un bon moment. Brian et Kendra entrent dans la maison des loisirs. Drew Rudolph fait son possible pour entraîner Brianne vers un manège. Ma cousine Sabrina est assise avec sa sœur dans la grande roue.

– Allez, va donc rejoindre tes amies, me conseille Mme Reynolds.

– Je suis une cavalière solitaire, lui dis-je sans réfléchir.

– Pffftt.

– Hein ?

– Pfffttt. Mon œil. Les jolies jeunes filles comme toi ne sont pas des cavalières solitaires.

– Vous avez vu comme je boite ?

Elle me dévisage des pieds à la tête.

– C'est possible que tu manques de goût en matière de vêtements, mais tu as de jolis traits quand tu ne boudes pas avec cet air ahuri. Quant à la jambe qui te fait boiter... L'important, c'est ce que tu ressens, toi, pas les autres. Non, mais, qu'est-ce que c'est que ces histoires ? Tu n'aurais pas d'amis, toi ? C'est ridicule.

Survolant la salle, je repère Leah Becker, assise seule à une table. Ses parents sont en pleine conversation avec un autre couple. J'ai envie d'aller la voir, mais j'ai peur qu'elle ne me rejette.

Mme Reynolds pose sa main sur la mienne.

– Est-ce une amie ?

– C'était une amie.

– Va lui parler.

– Je ne saurais même pas quoi lui dire.

Mme Reynolds soupire d'un air frustré.

– Comme il te plaira, mon enfant. Mais quand tu seras une vieille dame comme moi, tu regretteras de n'y être pas allée. Ce n'est pas drôle d'être seule, tu sais ?

– Non. Ce n'est pas drôle.

Ma mère est repartie danser. Ça fait longtemps que je ne l'ai pas vue aussi heureuse. Elle sourit à M. Reynolds qui la regarde tendrement.

M. Reynolds. Lou. Le patron de ma mère. Le fils de ma patronne. Enfin, peu importe... En tout cas il me semble évident qu'il en pince pour elle.

19

CALEB

Putain, mon pantalon est trop serré et il y a tellement d'amidon sur cette chemise que je suis aussi raide qu'un mannequin dans une vitrine. Mais j'y suis, à ce fichu festival d'automne. Dès que j'ai terminé de jouer au fils modèle, je me tire d'ici.

Mes parents sont assis à une table près du buffet, en compagnie d'un couple d'amis. Ma sœur, elle, ressemble toujours à un mort-vivant, sauf que c'est de pis en pis. Depuis qu'elle s'est enfuie de la cafétéria, lundi, elle m'ignore. Mes parents n'ont pas réussi à évoquer l'accident depuis que je suis rentré. J'ai essayé d'en parler, mais ils m'en ont rapidement empêché.

Dès qu'elle m'aperçoit, ma mère sourit.

– Nous t'attendions, Caleb.

– Me voilà, dis-je sans enthousiasme, et sans la moindre envie de faire semblant.

Mon père a l'air fatigué. Il a les yeux cernés et il ne se tient plus aussi droit que dans mes souvenirs.

– Caleb, tu te souviens du Dr Tremont et de son

épouse ? Le Dr Tremont dirige un cabinet dentaire à Denton, et il vient d'en ouvrir un autre à Paradise, pour remplacer le Dr Kryzanowich qui a pris sa retraite.

– Ah bon ?

Le Dr Tremont indique un point, à l'est.

– Vers Central, du côté de Carriagedale Roads. Tu sais, ce nouveau bâtiment près du cinéma.

– Je ne l'ai pas encore vu, dis-je en secouant la tête.

– Où es-tu resté caché ? C'est ce bâtiment avec une grosse dent sur la façade, précise-t-il en riant.

Mon père vire au rouge.

– Je meurs de faim, déclare-t-il sans me laisser le temps d'expliquer au Dr Tremont que je viens de passer une année en taule.

– Pourquoi n'allez-vous pas goûter au plat qu'a cuisiné ma femme pendant que Caleb va rejoindre ses amis ?

Ma mère, fabuleuse, entraîne les Tremont vers le buffet. A-t-elle enfin compris que c'était une mauvaise idée de me faire jouer au fils parfait ? Ma sœur les rejoint ; elle m'ignore totalement.

Ce festival d'automne est un vrai zoo. On n'imagine pas que Paradise soit une si petite ville quand on voit le monde rassemblé ici. Brian et les copains sont réunis près du parking.

– Oh, Caleb, qui t'a habillé ? blague Brian.

– Tu me crois si je te dis que c'est ma mère ?

– Ouais. Tu sais, les règles ont changé à Paradise. On a regretté ton absence, mais tu dois absolument changer de fringues si tu veux revenir parmi nous, reprend Brian.

Drew ricane en allumant une cigarette.

– Tu as raison, Brian. Paradise n'est plus comme avant. J'ai vu Mme Armstrong danser avec ce type du restaurant. Ils avaient l'air proche. Est-ce que tu penses qu'ils… tu vois ce que je veux dire ? Par contre, Maggie, ça m'étonnerait qu'elle ait quelqu'un. Il va lui falloir quelques opérations supplémentaires avant de pouvoir attirer un mec. Pour la fête de fin d'année, elle ferait bien de se chercher un cavalier sur le Net.

Personne ne rit. Depuis mon retour, Drew se comporte comme un connard. J'ai l'impression qu'il le fait exprès pour m'énerver.

Tristan lance un ballon vers le ciel.

– On va faire un foot ? Dépêchons-nous avant que nos mères nous obligent à danser avec elles.

J'enlève mon horrible chemise, mais mon pantalon est trop serré. Impossible de courir et de jouer correctement. Au bout de trois quarts d'heure, nous retournons vers la fête. Comme Tristan et Brian marchent devant nous, j'en profite pour attraper Drew par l'épaule et le plaquer contre un arbre. Il a l'air désemparé. Pourtant, il ne sait pas à quel point j'ai envie de lui faire la peau. Une chose que je tiens de mes compagnons de l'E.P. : toujours les prendre au moment où ils s'y attendent le moins.

– Voici ce que je te propose, dis-je d'une voix basse et rude tout lui tordant le col. Tu arrêtes de parler de Maggie, de la prison, et de l'accident. Compris ?

Si tu veux continuer à dire des vacheries, ne te gêne pas, mais la prochaine fois que tu ouvriras la bouche, ne t'étonne pas de trouver mon poing enfoncé à l'intérieur.

– C'était pour rire. Faut te détendre, Caleb, articule péniblement Drew en étouffant.

Je lâche son tee-shirt et lui lance un dernier avertissement :

– Il y a deux semaines encore, je cohabitais avec les pires gangs de l'État. Tu n'as pas à me dire de me détendre.

Le jeudi soir, cinq jours après le festival, je suis dans la chambre de Kendra. Ses parents se sont rendus à un dîner officiel. On est censés étudier, pour préparer l'examen du lendemain.

Kendra se trémousse devant moi, arborant différentes tenues qu'elle vient d'acheter.

– Alors… qu'en penses-tu ? demande-t-elle, dans une robe chic.

Je suis plongé dans la lecture de la Grande Charte.

– Je ne peux pas me permettre de rater cet examen, Kend.

Les poings sur les hanches, elle fait la moue.

– Tu t'intéresses plus aux autres filles du lycée qu'à moi.

– Tu veux rire ? dis-je en levant les yeux.

– Non. Samantha Hunter t'a fait du gringue pendant tout le cours de gym, et tu ne l'as pas repoussée.

Et il paraît que tu as eu une grande conversation avec Emily Steinway pendant le cours de bio.

– Je n'ai pas dit deux mots à Samantha, Kend. Quant à Emily, elle est dans le même groupe que moi. À quoi tu joues ? Tu m'espionnes ? C'est toi qui tiens tant à garder notre liaison secrète.

Cette semaine, nous nous sommes donné rendez-vous dans la réserve forestière, et sous les gradins du stade de l'école. Sans oublier que ce soir, j'ai dû passer par la porte de derrière pour entrer chez elle sans que les voisins me voient. J'en ai marre de me cacher.

– Je t'ai dit que mon père préparait les élections de novembre, Caleb. Sa fille ne peut pas être vue au bras d'un ancien prisonnier.

Elle ose dire de ces trucs ! Sans la moindre note d'excuse ou d'hésitation...

– Faut que j'y aille, dis-je en fermant mon livre d'histoire.

Elle pose les mains sur mon torse.

– Ne t'en va pas. Grâce à moi, tu ne vas pas regretter d'être venu. Tu vas voir...

– De quoi tu parles ?

Elle fait glisser les fines bretelles sur ses épaules, dévoilant sa peau nue. Quelques secondes plus tard, elle n'a plus de robe. Elle se tient droite devant moi, en soutien-gorge en dentelle noire et string assorti.

Mes yeux se baladent sur sa peau blanche soyeuse. J'ai envie d'elle, ça oui. Mais elle ne se comporte pas comme une petite amie normale. Elle ne devrait pas avoir besoin de se mettre à poil pour me retenir. Elle ne devrait pas se servir de son corps pour m'appâter. Il y a quelque chose qui ne tourne pas rond…

– Kendra…

Elle plaque un doigt sur mes lèvres pour me faire taire.

– Chut, j'entends mes parents, murmure-t-elle.

Merde.

Comme on pouvait s'y attendre, on frappe à la porte une seconde plus tard.

– Kendra, tu es là ? demande sa mère à travers la porte.

– Euh, ouais ! crie-t-elle en ramassant sa robe roulée en boule.

Puis elle murmure :

– Caleb, va te cacher dans le placard.

Sérieusement ? Jamais de la vie. Jamais plus je ne laisserai quelqu'un m'enfermer.

– Il n'en est pas question.

– Chut, ils vont t'entendre.

Sa mère frappe à nouveau.

– À qui parles-tu, Kendra ? Ouvre la porte !

Kendra se hâte d'enfiler sa robe.

– À personne, maman. C'est la radio. Je m'habille. J'arrive dans une minute, d'accord ?

– Dépêche-toi. Le sénateur Boyle est venu spécialement pour te voir, dit sa mère avant de s'éloigner.

Enfin.

– Quand vas-tu leur dire que nous sommes ensemble ? Après les élections ?

– Est-ce qu'on pourrait parler de ça un autre jour ? murmure-t-elle en se regardant dans le miroir.

Elle s'applique des tonnes de brillant à lèvres et l'odeur de la cerise me chatouille les narines. Combien de temps vais-je encore tenir dans cette chambre qui pue la cerise avant de m'évanouir ?

J'ouvre la fenêtre.

– Caleb, qu'est-ce que tu fais ?

Je lance mon livre d'histoire sur la pelouse en espérant le retrouver entier, puis j'enjambe le rebord. Je ne resterai pas tapi dans cette chambre comme un détenu.

– Je m'en vais.

– Ne fais pas ça ! ordonne-t-elle en se précipitant vers moi.

Je plonge mes yeux dans les siens. *Et pourquoi pas ? Parce que tu m'aimes, parce que tu ne veux pas que je me fasse mal ? Parce que tu veux m'emmener en bas pour me présenter à tes parents et à leurs amis ? Parce que nous sommes ensemble et que personne ne peut nous séparer ?*

– S'ils te voient, je vais avoir des problèmes.

– On se retrouve de l'autre côté, dis-je à Kendra avant de me dresser sur le bord de la fenêtre.

Et je bondis en prononçant une prière rapide.

20

MAGGIE

À mon arrivée, comme chaque jour, je trouve Mme Reynolds sur sa balancelle, à l'arrière de la maison, son tablier fleuri à la main. Je lui ai expliqué que ce vêtement était avilissant, mais sans succès. Alors maintenant, je l'enfile sagement et tant pis si je ressemble à un plouc.

Les amis de Caleb ont dit que ma seule chance de trouver un cavalier, pour la fête de fin d'année, était de passer une annonce sur Internet. Je les ai entendus lors du festival d'automne. À voir Caleb avec ses potes, alors, on aurait juré qu'il n'avait joué aucun rôle dans ce qui m'est arrivé. Il n'a pas réagi, et son indifférence m'a fait plus de mal que les paroles infectes de Drew.

– Aujourd'hui, nous allons faire du ménage dans le grenier, annonce Mme Reynolds. Tiens, prends ce balai. Je vais prendre la pelle et le seau.

– On ne plante pas d'autres bulbes ?

– Je ne peux plus voir ces bulbes en peinture. On se remettra au jardinage demain.

Elle me montre l'escalier qui mène au grenier.

– Ne ferme pas la porte, ou nous resterions enfermées là-haut.

L'endroit est petit, sombre et rempli de cartons, de photos, et de... toiles d'araignée.

– Madame Reynolds ?

– Oui, Margaret.

– J'ai peur des araignées.

– Pourquoi cela ?

– Parce qu'elles ont de vilaines pattes, qu'elles piquent, et qu'elles ont des fils collants qui leur sortent du derrière pour attraper les petites bêtes avant de leur sucer le sang.

Je m'attends qu'elle se moque de moi mais elle m'explique.

– Les araignées permettent de réguler la population des insectes. Elles sont utiles, et il n'y a rien d'autre à retenir.

Tout, dans ce grenier, semble fait pour qu'on s'y sente oppressé : des énormes malles dans un coin, et des montagnes de cartons dans l'autre.

– Tu peux commencer par dépoussiérer les coffres, propose Mme Reynolds en s'installant sur une vieille chaise.

Heureusement, ces coffres sont au milieu de la pièce, loin des toiles d'araignée. La vieille dame me tend un chiffon et un spray dépoussiérant qu'elle sort de son seau. Je vaporise le dessus d'une malle en bois que je frotte jusqu'à le faire briller.

– Ouvre-la, suggère Mme Reynolds.

Je la regarde avec hésitation.

– Vas-y !

Je soulève le couvercle et découvre la photo encadrée d'un jeune couple.

– C'est vous ?

– Oui, avec mon mari, Albert. Paix à son âme.

Sur la photo, Mme Reynolds porte une robe élégante qui lui arrive aux genoux, et des gants de satin aussi longs que ses bras. À côté d'elle, son époux ne regarde pas l'objectif : il admire sa femme comme s'il s'agissait d'un diamant.

– Vous vous êtes mariés jeunes ?

– J'avais vingt ans, et lui vingt-quatre. Nous étions très, très amoureux.

– Je regrette tant que mes parents ne s'aiment plus, dis-je en lui tendant l'image. Ils ont divorcé.

– Oui, mais la vie continue, malgré tout ce qui peut nous arriver. Tu n'es pas de mon avis ?

J'acquiesce, car elle a raison, bien sûr. Même après l'accident, quand j'ai appris que je ne remarcherai jamais normalement et que je ne pourrai plus jouer au tennis, ma vie a dû reprendre son cours.

C'est ainsi, qu'on le veuille ou non.

Elle examine d'autres clichés, penchée au-dessus du coffre.

– J'ai passé un peu de temps avec ta mère, chez Tante Mae. C'est une femme charmante, raconte-t-elle sans quitter des yeux la photo d'un petit garçon.

– Merci, dis-je avec une certaine fierté. C'est vrai qu'elle est plutôt sympa, pour une mère. Si seulement mon père l'avait trouvée suffisamment sympa et charmante pour rester avec elle…

Mme Reynolds me tend la photo du garçonnet.

– C'est mon fils.

J'étouffe un rire. Qui aurait pu dire qu'en grandissant, ce petit bonhomme deviendrait le patron de ma mère ?

– Il a été marié, mais sa femme est morte d'un cancer des ovaires cinq ans plus tard, me confie-t-elle dans un soupir.

– Ils n'ont pas eu d'enfants ?

Elle secoue la tête.

– Allez, assez flâné ! Il y a quelques cartons que j'aimerais jeter aux ordures. Si nous faisions le tri ? Quelque part, dans un coin, il doit y avoir une boîte marquée *impôts*.

Je suis ses indications tout en contrôlant la présence d'éventuelles araignées. Beurk. Leurs toiles occupent tous les angles du plafond, prêtes à cueillir le premier insecte imprudent. Rien que d'y penser, j'en frémis d'horreur. Heureusement que je ne suis pas un insecte.

– Margaret ?

– Oui ?

– Je vieillis à chaque seconde, lance-t-elle avec impatience. Il faut nous dépêcher.

– Quel genre de boîte cherchons-nous ?

– Je ne me souviens pas, mais je suis certaine qu'elle est étiquetée.

Je n'ai plus qu'à retourner chaque boîte dans tous

les sens, en espérant trouver le mot IMPÔTS inscrit dessus.

Surprise par un bruit, je pousse un cri aigu. Me retournant vivement, je m'aperçois que Mme Reynolds se tient tout près de moi.

– Calme-toi donc. As-tu trouvé quelque chose d'intéressant ?

– Je crois, dis-je en soulevant une boîte marquée « IMPÔTS, 1968 ». C'est celle-là ?

Elle applaudit, comme une prof féliciterait une élève appliquée.

– Oui. Mets-la près de la porte. Il y en a tellement d'autres à jeter à la poubelle ! Je pense que nous en avons pour quelques jours.

Au moment où je dépose le premier carton de la pile « À Jeter », la sonnette de la porte d'entrée retentit. Mme Reynolds fronce les sourcils en inclinant la tête.

– Sois gentille, va ouvrir, veux-tu ?

– Bien sûr.

La sonnette retentit deux autres fois avant que j'atteigne la porte. J'ouvre rapidement, pour reculer et trébucher instantanément. Sur le seuil se tient la dernière personne que je m'attendais à trouver ici : Caleb Becker.

Pour la seconde fois depuis son retour, il tend la main pour me rattraper.

21

CALEB

Mes propres jambes ont failli me lâcher. La dernière personne que je m'attendais à voir chez Mme Reynolds, c'est Maggie Armstrong. Qui plus est dans cette robe ridicule, trop grande pour elle, avec des fleurs roses et vertes imprimées partout.

Quand elle a perdu l'équilibre, j'ai essayé de la rattraper par le bras, mais je l'ai manquée. Une fois par terre, elle a rejeté la main que je lui tendais.

– Qu'est-ce... qu'est-ce que tu fiches ici ?

– Et toi, qu'est-ce que tu fiches là ?

– Je travaille ici après les cours, explique-t-elle.

D'un geste rapide, je cache ma carte du département judiciaire dans ma poche arrière. Je vérifie à deux fois l'adresse avant de reprendre :

– Je cherche Mme Reynolds. C'est bien ici ?

La haine de Maggie saute aux yeux. Je poursuis, malgré tout :

– Tu sais, je suis autant surpris que toi. C'est le

responsable du Magasin du Bricolage qui m'a envoyé ici. J'ai quelques bricoles à régler.

Maggie se relève. À sa façon de serrer les poings, je comprends qu'elle souffre. La voir se démener ainsi me retourne l'estomac.

– Je suis désolé, Maggie.

– Va dire ça au juge, marmonne-t-elle.

– C'est déjà fait, dis-je en toute sincérité. Ce mec a décidé de faire de moi un exemple pour tous les délinquants ayant bu avant de prendre le volant. Qu'est-ce que tu attends de moi, Maggie ?

– Je veux que tu t'en ailles.

– Je ne peux pas.

C'est alors qu'une vieille dame apparaît, avançant tant bien que mal vers la porte.

– Tu dois être envoyé par le programme des travaux d'intérêt général.

– Oui, madame.

Je me présente en lui tendant ma carte d'identification. Nous sommes tenus de la montrer avant d'entrer chez quelqu'un.

La dame inspecte scrupuleusement ma carte avant de me la rendre.

– Alors, entre. Voici Margaret, ma dame de compagnie. Margaret, je te présente… j'ai oublié ton prénom.

– Caleb.

– Caleb est venu nous aider. Montre-lui le grenier et explique-lui notre projet pendant que je vais surveiller les cookies que j'ai mis au four.

– Nous voilà de nouveau dans une étrange situation,

on dirait, dis-je une fois que Mme Reynolds n'est plus en vue.

Maggie reste aussi immobile qu'une statue.

– Je regrette que tu sois revenu, déclare-t-elle d'une voix posée, mais en serrant ses bras autour d'elle.

L'envie de m'en aller est si forte que je me sens prêt à affronter la colère de Damon. Mais pas question de me défiler. Je suis coincé ici, avec elle, et j'y reste.

– Je n'irai nulle part avant d'avoir fini le boulot que je dois faire pour cette dame.

Maggie écarquille les yeux. Elle ouvre la bouche, puis la referme sans qu'aucun mot n'en sorte. Me tournant le dos, elle s'enfonce dans la maison et je la suis en silence dans un escalier étroit menant à l'étage. Au grenier, elle m'indique un carton.

– Il faut le jeter. Les cartons que je place ici, tu peux les mettre dans la benne.

Nous travaillons en silence. Maggie rassemble les cartons à jeter près de l'entrée, et je les descends. Comme me l'a demandé Mme Reynolds, je les entasse ensuite dans d'énormes sacs et vais les jeter dans la benne des ordures recyclables, au bout de l'allée.

À mon retour, la vieille dame sort de la cuisine avec une assiette de cookies.

– Tiens, emmène ça là-haut. Vous pourrez les partager en travaillant.

J'entre au grenier pour la centième fois de la journée. Maggie lance un carton dans ma direction, de sorte que je dois faire un pas de côté pour l'éviter. Elle l'a fait exprès, j'en suis sûr.

– Tu veux bien faire attention ?

Je pose l'assiette sur une malle, au milieu du grenier. Elle me tourne le dos, ignorant les cookies.

Maggie croit être la seule victime de ce carnage. Seulement, attention, je dois rester calme. Quoi qu'il arrive, je dois rester calme, ou je risquerais de cracher la vérité.

– Écoute, Maggie, c'était un accident. Si je pouvais effacer cette journée, je le ferais. Si je pouvais remonter le temps, je le ferais.

Elle me fait face, la tête penchée sur le côté.

– C'est bizarre, Caleb, mais je ne te crois pas.

À cours de mots, je la suis des yeux tandis qu'elle prend des cookies et sort du grenier. Tout est tellement compliqué. Je soulève un carton, puis un autre, et je garde la tête baissée jusqu'à ne plus rien avoir à emmener aux ordures.

Maggie est la première à quitter la maison. Après son départ, je vais retrouver la vieille dame derrière la maison, pour lui faire signer ma feuille d'accomplissement.

– Merci de m'avoir permis de travailler pour vous, dis-je en lui tendant un stylo.

– Mon mari, Albert, pensait qu'il était important d'aider les moins fortunés. Je ne vais pas me mettre à parler de la prison pour mineurs, car j'en aurais pour des semaines. Tu as bien travaillé aujourd'hui.

Je lui offre un sourire ravi. Elle signe chaque page du formulaire, puis s'arrête net.

– Je vois que tu as de l'expérience dans le bâtiment.

J'ai peut-être un autre travail pour toi. Si tu en as envie, bien sûr.

– Quel genre de travail ?

– Es-tu vraiment doué avec tes mains ?

– Plus doué que la moyenne, dis-je en rigolant.

La vieille dame me montre une pile de planches entassées dans un coin du jardin.

– Penses-tu être capable de construire un belvédère à partir de ces vieux bouts de bois ? Tu sais ce qu'est un belvédère, n'est-ce pas ?

Oui, je sais à quoi ça ressemble. Construire un belvédère me prendrait deux semaines, environ, ce qui me suffirait à boucler mes heures au service de la communauté.

Mais où avais-je la tête ? Je ne peux pas travailler avec Maggie… Jamais de la vie.

Sauf que je n'aurais pas à travailler *avec* elle. Je serai seul, à l'écart, concentré sur ma construction. La confiance que je lis dans le regard de Mme Reynolds renforce mon ego blessé et achève de me convaincre.

– Je devrais y arriver, oui.

Mais je dois jouer franc jeu avec elle, et lui raconter les circonstances de mon incarcération.

– Mme Reynolds, pour être tout à fait honnête avec vous…

Comme par hasard, la sonnerie du téléphone m'interrompt. S'emparant de sa canne, la vieille dame se précipite vers la maison.

– Reviens demain, et nous pourrons terminer cette conversation.

Je n'ai plus qu'à courir pour attraper le bus, où je trouve Maggie assise à l'avant. Sans hésiter, je fonce vers le fond.

Les quinze minutes du trajet me paraissent interminables. À notre arrêt, nous ne sommes plus que deux. Je laisse Maggy sortir la première.

Ma sœur est là, dehors. L'expression qu'elle affiche en nous voyant, Maggie et moi, marcher ensemble dans la rue, est unique au monde.

– Je viens de te voir avec Maggie ? demande Leah en me suivant à l'intérieur de la maison.

– Nous étions seulement dans le même bus. Ne va pas te faire d'idées.

– Te faire d'idées à quel sujet ? demande maman dans la cuisine.

– Des bêtises, lancé-je avant de marmonner, les dents serrées pour que ma sœur soit la seule à entendre :

– Alors n'en fais pas tout un plat.

Leah se précipite dans sa chambre et claque la porte. Ma mère retourne à la cuisine, totalement inconsciente de ce qui vient de se passer.

Les Becker forment une famille idéale. Une famille de catalogue, bien comme il faut. Et radicalement tarée.

22

MAGGIE

Le lundi, comme tous les jours après les cours, je vais prendre le bus. Caleb est déjà assis sur la banquette du fond. Autant dire que l'expérience de la semaine passée m'a suffi. Si ça doit se reproduire, je démissionne.

Mais alors je ne pourrai plus aller en Espagne.

Et si je ne vais pas en Espagne, je demeurerai à Paradise tout le semestre prochain.

Et si je ne quitte pas Paradise avant le semestre prochain, Caleb et ses amis vont se moquer de moi jusqu'à la fin de l'année. Et je resterai enfermée chez moi.

Peut-être ne va-t-il pas chez Mme Reynolds aujourd'hui, et que je me fais des histoires pour rien ? Il a peut-être une autre mission ailleurs. Hélas ! mes craintes se concrétisent quand je sens qu'il m'emboîte le pas en direction du jardin de Mme Reynolds.

– Suivez-moi à l'intérieur, tous les deux, dit notre employeuse. Irina a apporté des pâtisseries.

Mme Reynolds entre chez elle sans s'apercevoir que nous tardons à la suivre.

– Tu en as mis du temps, me lance-t-elle quand j'arrive enfin dans la cuisine. Allez, coupe deux parts.

Je m'assois à la table, les yeux rivés sur le gâteau. En temps normal, je l'aurais déjà attaqué, mais là, je ne peux pas. Caleb s'installe en face de moi. Je détourne le regard, fascinée par la corbeille de fruits.

– Margaret, tu te souviens, tu m'as dit que je devrais faire construire ce belvédère ?

– Ouais, dis-je prudemment.

Mme Reynolds relève le menton.

– Eh bien, Caleb va m'aider à réaliser ce rêve. Ça devrait lui prendre quelques semaines, mais…

Quelques semaines ?

– S'il reste, c'est moi qui pars, dis-je en bredouillant. Quelques semaines ?

Caleb laisse tomber sa fourchette dans son assiette et quitte précipitamment la pièce. La vieille dame reprend, l'air profondément ennuyé :

– Qu'est-ce qui te prend, Margaret ?

– Je ne peux pas travailler avec lui, madame Reynolds. C'est lui qui m'a fait ça, dis-je en criant.

– Qui t'a fait quoi, mon enfant ?

– C'est moi qui ai renversé Maggie, explique Caleb en réapparaissant à l'entrée de la cuisine. J'ai fait de la prison pour ça. Je conduisais en état d'ivresse.

Mme Reynolds a du mal à y croire.

– Dites donc, on dirait que nous sommes dans le pétrin.

Je lève un regard implorant vers elle.

– Dites-lui de s'en aller.

Elle va le faire, elle va demander à Caleb de partir. Quand elle s'avance vers lui, elle explique :

– Tu dois comprendre que ma priorité, c'est Margaret. J'appellerai la Boutique du Bricolage pour leur demander de prendre contact avec ton responsable.

– Je vous en prie, madame Reynolds, implore Caleb. Tout ce que je veux, c'est terminer le boulot et... retrouver ma liberté.

Elle se tourne vers moi, et ses yeux sages me disent : *Pardonne-lui.*

Je ne peux pas lui pardonner. J'ai essayé, pourtant. S'il avait innocemment perdu le contrôle du véhicule, il aurait été excusable. Mais j'ignore si cet accident était vraiment involontaire, quoique j'aie du mal à croire que Caleb ait pu me renverser délibérément. Trop de questions restent sans réponse et je ne suis pas certaine de vouloir connaître la vérité.

On raconte qu'il m'a abandonnée sur la route comme un animal. Ça, c'est impardonnable. Je ne sais pas si j'arriverai un jour à comprendre ce geste, qui me rappelle trop celui de mon père. Lui aussi m'a abandonnée sans se retourner. Et par-dessus tout, Caleb a détruit la seule chance que j'avais d'impressionner mon père.

Je me lève, bouscule Caleb en passant et file me réfugier dans un coin sombre et retiré : au grenier. Pour l'instant, les veuves noires sont le dernier de mes soucis.

Comment ai-je pu vénérer le sol que foulait Caleb ? Il était grand, séduisant… sans doute l'un des garçons les plus convoités du lycée. En termes de popularité, Leah et moi lui arrivions à peine à la cheville. En plus de cela, rien ne se mettait jamais en travers de son chemin. C'est peut-être parce que des types comme lui obtiennent tout ce qu'ils veulent avec facilité qu'ils n'ont jamais besoin de travailler dur. Serais-je en train de me féliciter parce que, grâce à moi, quelque chose lui résiste enfin ? C'est égoïste de ma part, j'en suis consciente, mais tant pis. « Peine d'autrui soulage sa peine », comme on dit. Et si la personne qui doit partager ma souffrance est celle qui l'a provoquée, ce n'est que justice.

Mme Reynolds m'a suivie. Je sens l'odeur de sa poudre.

– En voilà une étrange cachette… Je croyais que tu avais peur des araignées ?

– C'est vrai, elles me font peur, mais dans le noir, je ne les vois pas. Il est parti ?

Elle secoue la tête.

– Il faut que nous parlions.

– Je suis obligée ?

– Tu ne sortiras pas de ce grenier avant d'avoir entendu tout ce que j'ai à dire.

– Je vous écoute, dis-je en m'asseyant sur une malle, vaincue.

Elle prend place sur la chaise.

– Bien. J'avais une sœur. Elle s'appelait Lottie. Elle était plus jeune que moi, plus intelligente que moi, plus jolie que moi, avec de longues jambes élancées et des cheveux noirs épais. Moi, j'étais la petite grosse à cheveux roux, la gosse que tu regardes avec l'envie de lui faire une grimace. Pendant les grandes vacances, quand nous étions à l'université, j'ai fait venir un garçon dans la maison de vacances de mes parents. J'avais perdu du poids, je ne me tenais plus dans l'ombre de ma sœur, et je commençais enfin à croire en moi.

– Vous avez dépassé vos peurs, et vous êtes tombée amoureuse ?

– Ça oui, je suis tombée amoureuse, j'étais dingue de lui. Il s'appelait Fred…

Elle se tait un instant et soupire :

– Il me traitait comme la fille la plus incroyable du monde. Jusqu'à ce que ma sœur arrive dans cette maison de vacances, pour nous faire une surprise.

Elle me regarde droit dans les yeux, et hausse les épaules.

– Je les ai surpris en train de s'embrasser, le matin suivant.

– Ô mon Dieu !

– J'ai haï ma sœur. Je lui en voulais tellement de m'avoir volé mon petit ami ! J'ai fait ma valise, je suis partie et je ne leur ai plus jamais parlé, ni à l'un ni à l'autre.

– Vous n'avez plus jamais parlé à votre sœur ?

– Je n'ai même pas voulu assister à son mariage, deux ans plus tard.

– Elle a épousé Fred ?

– Tu as bien compris. Ils ont même eu quatre enfants.

– Où sont-ils maintenant ?

– L'un de leurs enfants m'a appelée, il y a plusieurs années, pour m'apprendre que Lottie était morte. Fred est dans une maison de repos. Il a la maladie d'Alzheimer. Tu sais ce qu'il y a de pire dans cette histoire ?

– Quoi donc ? dis-je, absorbée par son récit.

Mme Reynolds se lève et me tapote le genou.

– Ça, c'est ce que tu vas devoir comprendre par toi-même…

– Vous pensez que Caleb devrait construire ce belvédère ? dis-je alors qu'elle atteint la porte.

– Je te laisse décider, Margaret. À mon avis, ce garçon ne demande qu'à réparer ses fautes. Il est en bas, et il attend ta réponse.

Elle sort du grenier. J'écoute ses chaussures orthopédiques résonner sur les marches. Je reste immobile. Puis-je vivre ici jusqu'à la fin de mes jours, parmi les araignées et leurs toiles, les coffres anciens remplis des souvenirs d'une vieille dame ? Je connais la réponse…

Je trouve Caleb assis sur le canapé du salon, penché en avant, les coudes en appui sur ses genoux. Quand il m'entend arriver, il lève les yeux.

– Alors ?

Je vois bien qu'il n'aime pas l'idée que la décision me revienne. Caleb a toujours eu les cartes en main, il n'est pas habitué à ce qu'on lui dicte sa conduite. J'adorerais lui dire de partir. Pour le punir de ne pas m'aimer comme je l'ai toujours aimé. Mais je sais que ce serait idiot et puéril. D'autant que je ne l'aime plus. Je ne l'apprécie même plus. Je suis convaincue qu'il ne peut plus m'atteindre, ni physiquement ni émotionnellement.

– Tu peux rester, dis-je finalement.

Il se lève en hochant la tête.

– Attends… J'ai deux conditions. La première, c'est que tu ne dises à personne que nous travaillons ensemble. La seconde, c'est que tu ne m'adresses pas la parole… Je fais comme si tu n'étais pas là, et tu fais comme si je n'étais pas là.

À son air renfrogné, je devine son envie de discuter mes règles, qu'il doit trouver stupides. Au bout d'un moment, cependant, il répond :

– Très bien. Marché conclu.

Puis il sort dans le jardin.

Assise à la table de la cuisine, Mme Reynolds sirote une tasse de thé.

– Je lui ai dit qu'il pouvait rester.

– Je suis fière de toi, répond-elle avec un petit sourire.

– Pas moi.

– Ça te passera. Es-tu prête à planter d'autres bulbes ?

Je sors une vieille tenue de travail usée de mon sac à dos ; cela m'évitera d'avoir à porter son horrible tablier.

Caleb ne me voit pas sortir. Très bien. Je m'assois dans l'herbe avec un sac d'oignons et commence à creuser à l'aide d'une petite pelle.

– N'oublie pas, Margaret : les trous doivent faire quinze centimètres de profondeur, me rappelle Mme Reynolds en se penchant pour inspecter mon travail.

– Compris, quinze centimètres.

– Et fais attention à placer correctement les bulbes, le côté droit vers le haut.

– D'accord.

– Et à bien les espacer. Pas d'agencement géométrique, sinon ça va faire moche.

La vieille dame s'installe à côté de moi.

– Et lui, vous ne le surveillez pas ? dis-je en montrant Caleb qui semble occupé à mettre de l'ordre dans les panneaux de bois.

– Il se débrouille très bien. Et puis je n'y connais rien en construction de belvédères.

Je creuse trois trous et place les bulbes avant de passer aux suivants. Mme Reynolds, toujours assise, finit par s'endormir. Ça lui arrive au moins une fois par jour, et quand je lui apprends qu'elle s'est assoupie pendant une heure, elle nie. Comment fait-elle pour dormir avec les coups de marteau de Caleb ?

Je l'observe à la dérobée. Rapide à la tâche, il assemble déjà les panneaux, comme s'il construisait des belvédères tous les jours. Son tee-shirt est trempé de sueur. Apparemment, les conditions que je lui ai imposées ne le perturbent pas. Il fait comme si je n'étais pas là. J'ai l'impression qu'il n'a pas lancé un seul regard dans ma direction.

Soudain, il cesse de taper et crie sans se retourner :

– Tu veux bien arrêter de m'observer ?

23

CALEB

Tu fais comme si je n'étais pas là, et je fais comme si tu n'étais pas là. Maggie, comme une autre fille de ma connaissance, s'applique à m'imposer ses règles. J'en ai marre de leurs petits jeux, marre d'être le con de l'histoire. Par-dessus tout, j'en ai ras le bol qu'on me dévisage bouche bée, simplement parce que j'ai fait de la prison.

Elle ne me lâche pas des yeux. Je sens son regard me transpercer le dos comme des dizaines d'aiguilles. Je me défoule en donnant de violents coups de marteau. Les clous disparaissent rapidement dans le bois ; je m'écrase l'index dans l'action, mais je ne moufte pas.

Maggie est assise par terre, dans ses vêtements de travail déchirés et tachés.

– Je... euh, je n'étais pas en train de t'observer, bégaie-t-elle.

– Mon œil, tiens ! Tu veux voir à quoi ressemble un ex-taulard ? Vas-y, profite ! J'aimerais juste que tu répondes à une question, OK ? Est-ce que tu aimes qu'on te regarde comme une pauvre boiteuse ?

Bouleversée, Maggie se couvre le visage et fonce à l'intérieur en traînant la jambe.

Quel con... Mon index me lance, ma tête aussi, et je viens d'insulter une éclopée. Une fille que j'ai moi-même blessée. Autant me barrer direct parce qu'à mon avis, notre pacte stupide vient d'être rompu.

Mme Reynolds n'a aucune idée de ce qui vient de se passer. La tête sur la poitrine, elle ronfle paisiblement.

Je jette mon marteau d'un geste rageur et pars chercher Maggie. Je l'entends renifler dans la cuisine. Je la trouve debout, devant le plan de travail, occupée à couper des légumes à l'aide d'un énorme couteau de boucher.

– Je m'excuse. Je n'aurais pas dû dire une chose pareille.

– C'est rien.

– On ne dirait pas... Tu pleures ?

– Non, je ne pleure pas.

J'appuie ma hanche contre le plan de travail.

– Ces larmes, sur ton visage...

– C'est à cause des oignons...

J'ai envie de la secouer pour la pousser à cracher sa haine.

– Dis quelque chose...

Elle coupe l'oignon en deux d'un geste sec. Elle doit imaginer ma tête à la place du bulbe...

– Très bien, comme tu voudras, dis-je avant de la laisser.

Si elle veut vivre dans le silence, c'est son choix, après tout.

Jusqu'à la fin de la journée, je reste concentré sur le montage du belvédère. Ça me fait du bien de créer quelque chose d'utile. Quelqu'un sera fier de moi, pour changer. C'est toujours ça de pris...

À sept heures, quand Mme Reynolds se réveille, je l'informe que j'ai terminé ma journée et je vais attendre le bus, suivi de près par Maggie.

Je suis à l'angle des rues Jarvis et Lake, mon sac à dos sur l'épaule, quand une voiture s'arrête derrière moi dans un crissement de pneus.

– Qu'est-ce que tu fous dans ce quartier, petit richard ?

Oh ! non, pas lui... Pas Vic Medonia. En plus, il est accompagné d'autres lutteurs de l'équipe de Fremont High.

– Ce ne sont pas tes affaires.

Vic ricane.

– Tes camarades de prison t'ont appris à faire le trottoir ? Combien tu prends pour ce vieux derrière ?

Ses copains sont morts de rire. Vic sort et vient se planter devant moi.

– C'est ta nouvelle nana ?

Maggie se dirige en boitant vers l'arrêt de bus tout proche.

– Maggie, retourne chez Mme Reynolds, dis-je pour l'avertir du danger, le temps que je règle cette affaire.

Vic éclate de rire :

– Eh, les gars, matez la meuf ! Tu es en manque au

point de sauter sur n'importe qui, Becker ? Ça t'excite de la voir boiter comme une débile ?

Lâchant mon sac à dos, je lui saute dessus et nous roulons à terre, mais l'un de ses copains me bloque les mains dans le dos. Incapable de bouger, je laisse Vic me tabasser le visage et les côtes.

C'est alors que Maggie s'interpose. Elle fait tourner son sac de livres en l'air et frappe Vic de toutes ses forces. Cette nana a des ressources cachées, on dirait…

Je parviens à me dégager et à repousser le salaud qui me maintenait immobile. Puis je me dresse devant Maggie pour la protéger.

– Cours ! dois-je lui ordonner tout en attaquant l'un des gars.

J'envoie des coups de poing dans tous les sens. À trois contre un, je m'en prends plein la figure, ce n'est pas beau à voir. Tout le monde se fige en entendant une voiture de police approcher, avec ses phares rouges et bleus et sa sirène hurlante. Nous n'avons pas le temps de nous enfuir : un agent bondit hors du véhicule et nous somme de nous agenouiller, les mains sur la tête.

– Que se passe-t-il ici ?

Maggie, elle, a disparu.

– Rien. On s'amusait, c'est tout. Pas vrai, Becker ? répond Vic.

– C'est ça, dis-je en plongeant mes yeux dans les siens.

– Ce n'est pas l'impression que vous donnez.

J'aimerais voir tes papiers, demande le flic en me tendant la main.

Comme on m'a confisqué mon permis de conduire, je n'ai que ma carte de l'E.P. S'il la voit, il contactera Damon et je serai de retour en cabane avant la nuit. Plutôt mourir.

– Je ne les ai pas sur moi.

– Que fais-tu à Hampton ?

– Je suis venu rendre visite à un ami.

Ce mec a l'allure d'un flic de cinéma, avec ses pieds écartés et ses mains placées sur les hanches, juste au-dessus du ceinturon auquel est accroché son flingue.

– On a du mal à rester courtois avec les étrangers qui viennent faire des histoires dans notre quartier. Je te suggère de voir cet ami sur son territoire, à moins que tu ne préfères qu'on appelle tes parents ?

Il se tourne vers les autres.

– Quant à vous, que je ne vous y reprenne plus, compris ? Rentrez chez vous.

– Compris, acquiesce Vic en rejoignant ses potes dans leur voiture.

Je les regarde s'éloigner, suivis par le véhicule bai, puis disparaître au coin de la rue.

Mon sac a disparu. L'un des compères de Vic a dû me le piquer, mais j'ai d'autres problèmes à régler. Comme cette mâchoire qui me fait un mal de chien. Touchant mon visage, je m'aperçois que je saigne et manque de sursauter quand Maggie surgit.

Nos regards se croisent.

Le bus pour Paradise apparaît au bout de la rue.

Nous montons ensemble. Je m'assois à ma place habituelle, dans le fond, et, à ma grande surprise, elle s'assoit à côté de moi. Je comprends pourquoi quand je remarque ses mains tremblantes.

Elle est terrifiée.

Après tout ce qui s'est passé, je trouve dément qu'en cet instant précis, elle puisse se sentir en sécurité auprès de moi. Je veille à ne pas la toucher, de peur que mon geste ne soit mal perçu. Cette proximité est probablement temporaire et illusoire. Pourtant, je ne peux m'empêcher de considérer cet instant comme la première étape d'un parcours qui nous permettra peut-être de réparer notre histoire partie de travers.

Et cela donne d'autant plus de sens à sa présence à mon côté.

24

MAGGIE

À l'école, les hématomes de Caleb ont déchaîné la rumeur et les ragots vont bon train.

Après les cours, nous prenons le bus ensemble et, arrivés à notre destination, nous marchons côte à côte, en silence. La bagarre d'hier m'a terrifiée. Caleb s'est-il fourré dans cette rixe à cause de moi, parce que Vic m'avait insultée ? Quoi qu'il en soit, Caleb et moi, ensemble, n'avions aucune chance de nous en tirer. Voilà pourquoi je me suis cachée derrière un arbre pour appeler la police. Je n'ai jamais supporté la violence ; cette bagarre est derrière nous, maintenant, mais la tension est toujours là.

Chez Mme Reynolds, Caleb continue à respecter mes conditions : il ne m'adresse pas la parole. Il construit le belvédère et je plante des jonquilles dans un silence absolu.

J'aime fredonner quand je travaille. Parfois, Mme Reynolds m'accompagne en chantonnant. Parfois, même, elle chante si fort que je dois m'interrompre. Je me tourne alors vers elle en battant des cils, mais elle s'en moque. À ce point, c'est ahurissant.

Quand elle s'est endormie, je vais me servir un verre d'eau et j'en prépare un pour Caleb, que je pose sans bruit sur l'une de ses planches.

En retournant me préparer un en-cas, je repense à l'assiette de cookies que j'ai oublié de descendre du grenier, la semaine dernière, et je monte la chercher.

Une fois en haut, je pousse un cri en voyant Caleb devant moi, son verre d'eau à la main, et lâche la porte qui se referme en claquant.

– Je ne vais pas te faire de mal, Maggie. Je voulais juste te remercier pour le verre d'eau et te dire... Je sais que c'est difficile de travailler ensemble, mais je suis content que tu m'aies autorisé à rester.

– On ne peut plus sortir.

– Pardon ?

– La porte s'est refermée et la poignée est cassée de ce côté-ci.

– C'est une blague, j'espère ?

Je secoue lentement la tête. Voilà, je suis enfermée dans le grenier avec Caleb. Pas de panique. *Respire, Maggie.* Inspire, expire. Inspire, expire.

Caleb tourne la poignée en poussant la porte, en vain.

– Merde. Toi et moi, dans la même pièce. Ça n'aurait jamais dû arriver.

– Je sais.

– On pourrait crier pour attirer l'attention de Mme Reynolds. Elle dort dans le jardin, mais...

– Elle ne nous entendra jamais, d'ici. Elle a déjà du mal à trente centimètres… Attendons qu'elle se réveille, nous essaierons à ce moment-là.

– Tu veux dire qu'on est coincés ? Merde…

– Tu l'as déjà dit.

Caleb arpente la pièce en frottant son crâne rasé.

– Oui, bon, c'est chiant. Je passe ma vie à être enfermé. Elle dort combien de temps, en général ?

– Ça peut durer une demi-heure, mais parfois, comme hier, elle dort plus d'une heure.

– Autant s'asseoir, dit-il en calant son dos contre une malle.

– J'ai un peu peur des araignées.

– Elles te font toujours peur ?

– Tu te souviens de ça ?

– Comment pourrais-je l'oublier ? Toi et Leah me preniez pour votre tueur d'araignées, quand vous étiez gamines.

Je le regarde d'un air intrigué.

– Assieds-toi, ordonne-t-il. Si dans deux heures, Mme Reynolds n'est pas venue nous libérer, je défoncerai la porte.

Pendant un long moment, aucun de nous deux ne prononce une parole. Tout ce que l'on entend, c'est le bruit de notre respiration, et les craquements inquiétants de la vieille demeure.

– Tu avais peur, en prison ? dis-je, rompant le silence.

– Quelquefois, oui.

– C'est-à-dire ? Qu'est-ce qu'on t'a fait ?

Je me tourne vers lui ; il est sur la défensive.

– Tu es la première personne à me demander des détails…

– J'ai entendu ce que racontent les gens. Mais je ne crois pas aux ragots.

– Qu'as-tu entendu ?

L'idée d'être celle qui les lui transmet ne m'enchante pas.

– On dit qu'en prison… tu avais un petit copain. Que tu faisais partie d'un gang… Que tu as essayé de t'échapper et que tu as été placé en cellule d'isolement… Et puis, que tu as frappé un garçon qui a dû être hospitalisé… Je continue ?

– Tu crois qu'il y a quelque chose de vrai dans tout ça ?

– Non, pourquoi ? J'ai tort ?

Appuyant sa tête contre le coffre, il soupire longuement.

– J'ai été impliqué dans une bagarre, une fois, et j'ai bien été placé en cellule d'isolement. J'y suis resté trente-six heures. C'est incroyable que ce soit justement à toi que j'en parle.

– Est-ce qu'on te donnait à boire et à manger ?

Il éclate de rire.

– On dort sur un matelas en mousse de trois centimètres d'épaisseur à même le sol, avec pour seul compagnon une cuvette de toilette en acier, mais on ne nous laisse pas mourir de faim, quand même.

– Au moins, tu étais seul. Moi, à l'hôpital, comme je ne pouvais pas aller aux toilettes, je devais attendre qu'on m'apporte une cuvette en plastique. Ensuite, je devais rester allongée pendant qu'on m'essuyait. C'était terriblement humiliant.

– Les médecins pensent que tu pourras remarcher sans boiter ?

– Ils n'en savent rien. J'ai des séances de rééducation deux fois par semaine, jusqu'à mon départ pour l'Espagne.

– Tu pars en Espagne ?

Je lui explique pourquoi je travaille pour Mme Reynolds, et mon projet de quitter Paradise pour passer à autre chose.

– Moi, c'est le contraire, me confie-t-il. J'avais hâte de rentrer chez moi car ça signifiait que j'étais de nouveau libre.

– Tu es Caleb Becker. Les gens t'accepteront toujours. Moi, tout ce qui m'empêchait autrefois de faire partie des nulles, c'était le tennis et Leah. Maintenant, je n'ai plus droit qu'à des regards dégradants et à des messes basses.

Caleb commence à arpenter le grenier.

– Depuis que je suis rentré à la maison, tout va mal, reconnaît-il. Mais quitter Paradise serait une dérobade.

– Moi, il n'y a qu'en partant que je me sentirai libre. J'ai l'impression d'être enfermée, ici. C'est comme si chaque habitant me rappelait que j'étais devenue... nulle.

Il s'agenouille pour approcher son visage du mien.

– Tu n'es pas nulle, Maggie ! Tu as toujours su ce que tu voulais et fait tout ton possible pour l'avoir !

– Mais j'ai changé. Quand tu m'as renversée, une partie de moi est morte, dis-je en toute sincérité.

25

CALEB

– Caleb ! Téléphone ! hurle ma mère de la cuisine.

Ça fait un moment que je suis dans ma chambre, à démêler les sentiments qui m'habitent depuis que je me suis retrouvé enfermé avec Maggie dans le grenier. Nous ne sommes restés ensemble que vingt minutes, mais pendant ce court moment, j'ai dû partager plus de choses avec elle qu'avec Kendra depuis le début de notre histoire.

Et on dirait que j'ai un gros problème.

J'apporte le téléphone sans fil dans ma chambre.

– Allô ?

– Salut, CB ! C'est Brian.

– Ça va ?

– C'est dimanche, aujourd'hui, dit-il d'une voix trop exaltée à mon goût.

– Et alors ?

– Ne me dis pas que tu as oublié notre rituel ? Toi, moi, Drew et Tristan…

Ça me revient. Les dimanches après-midi à regarder

le football. Moi, Brian, Tristan et Drew. *Filles interdites* était notre mot d'ordre.

– Je vais chez Tristan dans dix minutes. Je passe te prendre.

Je suis encore en caleçon. Mais si je veux reprendre une vie normale, avec des habitudes normales, le football du dimanche doit être respecté.

Je prends une douche rapide, et croyez-moi, j'ai de l'entraînement. Alors que j'enfile un vieux pantalon de jogging et un tee-shirt, j'entends ma mère accueillir Brian avec trop d'enthousiasme pour être honnête.

– Je suis si contente que tu sois là ! Tu es vraiment un ami formidable pour Caleb. Tiens, prends des restes du repas chinois d'hier soir.

On dirait une machine hors de contrôle...

Quand j'arrive en bas, Brian est ravi.

– Ta mère est géniale. Regarde tout ce qu'elle nous donne !

Dans l'énorme sac de provisions, ma mère a dû vider la moitié du réfrigérateur. Je m'approche pour l'embrasser, mais elle se détourne pour essuyer la table.

– Filez, et amusez-vous bien ! s'exclame-t-elle.

Nous arrivons chez Tristan avant le début du match. Aujourd'hui, c'est les Packers contre les Bears. Avant mon arrestation, j'aurais pu donner les dates de tous les matchs, et le nom de tous les adversaires des Bears.

Au sous-sol, je m'installe confortablement sur le canapé. J'ai hâte que ça commence. Je ne m'étais pas rendu compte à quel point ça m'avait manqué.

Kendra a repris sa place dans ma vie, et mes amis

aussi. Maggie, je dois laisser tomber. Si je pense autant à elle, c'est uniquement parce que nous travaillons ensemble. Je suis revenu à Paradise avec une mission : reprendre une vie normale. Assis là, devant la télé, je me dis finalement que ce compromis a du bon.

Tristan interrompt mes réflexions en nous distribuant des cannettes de bière.

– Où as-tu trouvé tout ça ? demande Drew en saisissant la sienne.

– Ça vient du 4 juillet. J'ai piqué une caisse pendant la fête de mes parents et je l'ai cachée. Ma mère n'a même pas remarqué qu'il en manquait une.

– Bien joué, mon pote, le félicite Brian. Envoies-en une par ici.

Brian et Drew ouvrent leurs bières sans tarder. J'attrape celle qu'il m'envoie. Tristan lève sa cannette.

– À la nouvelle saison des Bears !

– À un quart-arrière qui sait vraiment lancer un ballon, trinque Brian.

– Et à un coureur arrière qui sait vraiment courir, ajoute Drew.

Ils se tournent tous vers moi, dans l'attente de ma prière sportive.

Quand je lève ma cannette, sa fraîcheur répand un frisson le long de mon bras.

– Et à un pointeur qui sache tirer dans le ballon, dis-je en me demandant s'ils ont remarqué que je ne l'ai pas encore décapsulée.

J'ai peut-être couru le risque de retourner en prison en me bagarrant avec Vic quand il a insulté Maggie, mais l'enjeu en valait la peine. Depuis la nuit de l'accident, je n'ai pas touché une goutte d'alcool. Je n'ai pas envie de me mettre en danger pour si peu.

– Que faites-vous ? clame une voix dans l'escalier.

Merde, la mère de Tristan.

Je pourrais cacher ma cannette, mais à quoi bon ? Elle nous a vus.

Elle dévale les marches et arrache la cannette des mains de son fils.

– Pas de ça chez moi, s'écrie-t-elle avant de pointer un doigt dans ma direction. Tu t'imagines que tu peux revenir et entraîner tout le monde, Caleb ? Je ne te laisserai pas faire !

– Maman, arrête.

– Ne le protège pas, Tristan.

Baissant les yeux vers ma bière, elle secoue la tête avec dégoût, avant d'ajouter :

– Caleb, je te prie de sortir de chez moi.

Je pose la cannette fermée sur la table, mais Mme Norris ne la regarde pas.

– Et ne t'approche plus de mon fils, ordonne-t-elle quand je sors.

Je ne vois pas l'utilité de me défendre. Mme Norris a déjà un avis bien arrêté sur ce que je suis. Verdict : coupable.

Si j'expliquais la vérité, elle ne me croirait pas. Son attitude est plus révélatrice qu'un long discours.

– Bonjour la douche froide, commente Brian en me rejoignant dans sa voiture. Où allons-nous regarder le match maintenant ? On a déjà raté le début.

– On peut aller chez moi.

Dix minutes plus tard, nous nous installons devant la télé du sous-sol. Les Bears mènent de trois points, mais les Packers ont la balle et c'est le quatrième quart.

– Il y a quelque chose que je dois absolument te dire, lance Brian.

– Vas-y, dis-je en avalant une poignée de chips.

Penché en avant, il affiche un air grave.

– Elle va me tuer quand elle apprendra que je te l'ai dit.

Je reporte mon attention sur la télé. Les Packers viennent de faire un hors-jeu, et les Bears ont la balle. Cela pourrait bien être le coup de la victoire.

– Qui ça ?

– Kendra.

Elle était encore dans mes bras il y a peu. Au lit, et plutôt volontaire. Ça manquait de romantisme et c'était loin d'être aussi bien qu'à la belle époque...

– Tu as vu ça ? je demande à Brian, totalement pris dans le jeu.

Difficile de me reprocher mon enthousiasme quand on sait que je n'ai pas eu le droit de regarder un seul match de foot pendant un an. J'ai manqué une saison entière.

– Ils viennent de faire sortir Edmonton !

– Nous sommes ensemble, CB. Je me suis dit que ça serait bien que tu le saches.

Je le regarde sans comprendre.

– Mais de quoi tu parles ?

– Moi... et Kendra.

Là, j'ai saisi ! Aussi soudainement que s'il m'avait brisé une brique sur la tête.

– Toi… avec Kendra ?

Les mots sont sortis de ma bouche avant que ma tête ait intégré la nouvelle.

– Ouais.

– Depuis quand ?

– Il vaut mieux que tu ne le saches pas.

Donc, c'était avant mon arrestation. Maggie disait la vérité, la nuit de l'accident, tandis que Kendra m'a menti en me regardant droit dans les yeux. Elle m'a manipulé et je suis tombé dans le panneau. Je comprends mieux, à présent, pourquoi elle tient tant à ce que notre relation reste secrète.

Brian cherche à deviner ma réaction, mais je n'ai pas l'intention de lui révéler les derniers épisodes de notre histoire.

En l'espace de quelques secondes, je saisis à quel point je me suis fourvoyé. Ce ne sera plus jamais comme avant avec Kendra. Et je ne pourrai plus traîner avec les copains comme autrefois. J'ai commencé une autre vie, que je le veuille ou non. Comment ai-je pu me voiler la face à ce point ?

Une question me hante.

– Dis-moi, est-ce que vous…, tu sais…

– Ouais.

Je m'enfonce dans les coussins en fermant les yeux. Wah ! Ma petite copine nous baisait tous les deux en même temps, et je n'ai rien vu. Maggie le savait et elle a voulu me mettre en garde. Pour la remercier, je l'ai insultée, la nuit est partie en vrille, et elle a fini à l'hôpital.

Le match des Bears n'existe plus. Je secoue la tête en regardant le plafond.

– Au début, ce n'était qu'un simple rencard, une erreur même, poursuit Brian. Nous ne voulions pas que ça se passe de cette façon. Ni elle ni moi.

J'aimerais qu'il la ferme. Je comprends mieux ce que Damon entend par apprendre à assumer les torts.

– Ma condamnation a dû te réjouir. Tu pouvais enfin l'avoir pour toi tout seul.

– Tu te trompes, Caleb. Je l'aime. Je l'épouserais sur-le-champ si je pouvais.

– Putain, dis-je à voix basse.

Dire qu'elle m'a juré qu'elle n'était sortie avec personne d'important…

– Elle m'a fait promettre de ne pas te parler de nous. Mais je trouve que c'est mieux de jouer franc-jeu, tu n'es pas d'accord ? Maintenant, à l'école, on va pouvoir s'afficher ensemble comme avant, au lieu de faire semblant de ne pas se fréquenter.

Je me lève, poussé par le besoin de prendre de la distance. Brian est mon meilleur ami, depuis la maternelle. Je me souviens qu'un jour, au CP, Drew lui a piqué un crayon de couleur et que je l'ai obligé à le lui rendre. Et quand j'ai eu la varicelle, vers dix ans, et que j'ai dû rester à la maison pendant une semaine, Brian est venu en cachette jouer à Donjons et Dragons avec moi. Nous n'avons jamais rien dit à nos parents, pas même quand il a déclaré la varicelle à son tour, deux semaines plus tard.

Je n'aurais jamais cru qu'il puisse trahir notre amitié.

– Tu n'es qu'un salaud.

Brian se lève et s'empare de ses clés de voiture.

– Je savais que tu ne comprendrais pas. C'est pour ça que j'hésitais à t'en parler.

– Mais enfin, tu sautais ma copine dans mon dos ! Comment je dois réagir ?

Quand la vérité jaillit de ma bouche, je frissonne d'effroi.

– Je pensais que tu saurais écouter. Que tu essaierais de comprendre au lieu de vouloir m'arracher les yeux. C'est la dure réalité, Caleb.

J'éclate d'un rire cynique.

– La dure réalité, c'est que j'ai passé un an en prison, enfermé avec des dealers, à me nourrir de bouffe merdique qu'un chien n'oserait même pas manger. La dure réalité, c'est de ne pas pouvoir porter tes propres caleçons et de devoir prendre ta douche avec vingt-cinq autres bites chaque jour, sous le regard des gardiens. La dure réalité, c'est ma voisine qui marche comme si elle avançait en équilibre sur des pilotis tant sa jambe est amochée.

Brian se dirige vers l'escalier d'un pas raide, et s'arrête à mi-chemin.

– Quand tu seras prêt à me pardonner et à tourner la page, tu sais où me trouver.

Je serre les poings si fort que je ne sens plus mes mains.

C'est à ce moment-là que ma mère surgit dans l'escalier, un sourire outré sur les lèvres.

– Le match est déjà terminé ? Vous avez passé un bon moment ?

26

MAGGIE

Pourquoi ma mère a-t-elle tenu à m'accompagner à ma séance de rééducation ?

– Reviens me chercher dans une heure, ça ira, dis-je.

Elle secoue la tête :

– Le Dr Gerrard veut nous voir toutes les deux.

Ah bon ? Qu'est-ce que ça signifie ?

Robert nous attend dans le hall d'accueil.

– Salut, Maggie ! Comment allons-nous, aujourd'hui ?

Nous ?

– Très bien.

– Tu as fait tes exercices ?

– Un peu.

Robert serre la main de ma mère.

– Ravi de vous revoir, madame Armstrong.

– Moi aussi, répond-elle en s'asseyant tandis que je prends place sur le tapis d'exercices.

– Nous allons commencer par des étirements, dit le kiné. Et par échauffer ces muscles. Mets tes jambes en V.

Je m'exécute, mais ma jambe gauche, encore tiède,

refuse de m'obéir. Ce n'est pas moi qui résiste, c'est elle.

– Tu ne peux pas faire mieux ?

– Non, je ne crois pas.

Robert s'agenouille près de moi et commande :

– Touche ton pied gauche avec ta main droite.

J'essaie, mais je ne vais pas plus loin que le genou.

– Allez, Maggie. Encore un effort.

Je m'étire de quelques centimètres, ce qui n'impressionne pas mon kinésithérapeute.

À ce moment-là, surgit le Dr Gerrard.

– Bonjour, mesdames. Robert.

Ma mère se lève pour embrasser mon chirurgien. Après l'accident, c'est lui qui nous a donné de l'espoir, et encore lui qui a reconstruit l'intérieur de ma jambe. Je me souviens de notre première rencontre, à l'hôpital. Il est arrivé dans sa grande blouse blanche, avec un grand sourire, et ses gros doigts qui allaient m'ouvrir la jambe pour la réparer.

Le Dr Gerrard s'agenouille à côté de moi.

– Comment ça se passe, Maggie ? Tu as couru des marathons, récemment ?

Je hausse les sourcils.

– C'était une blague. Une mauvaise blague de chirurgien, admet-il.

– Docteur Gerrard, il va falloir vous renouveler, dis-je en marmonnant.

– C'est ce que disent mes internes.

Il me demande de m'asseoir sur la table pour examiner mes cicatrices.

– Elles sont belles. Robert m'a dit que tu étais un peu timide pendant les séances de rééducation.

Robert se tient à son côté, mon dossier en main. Le traître…

Je hausse les épaules.

– J'ai juste du mal à forcer sur mon pied.

– Ça lui fait mal, ajoute maman.

Le docteur recule en réfléchissant.

– Bon, tu vas marcher jusqu'à la porte et revenir vers moi, Maggie.

Il m'aide à descendre de la table, puis je rejoins la porte en boitant.

– Peux-tu appuyer un peu plus fort sur ton pied gauche ?

– Pas vraiment.

– Alors reviens t'asseoir.

Je repars vers la table en boitillant. Maman s'approche de moi et me frotte le dos.

– Je vais te parler franchement, Maggie, reprend le chirurgien. Tu dois te forcer et arrêter de favoriser ton côté gauche.

– Je fais de mon mieux…

Il n'a pas l'air convaincu.

– Peut-être qu'on devrait espacer un peu les séances de rééducation, suggère ma mère.

– J'ai une proposition à faire, intervient Robert. Et si Maggie reprenait le tennis ?

Les battements de mon cœur s'accélèrent, se répercutant dans mon corps comme les tambours d'une danse tribale.

– Ça va ? me demande maman.

Je suis incapable de répondre, comme si mon œsophage était bouché.

– J'ai besoin d'air frais, dis-je en descendant de la table.

Robert s'avance vers moi.

– Maggie, nous cherchons simplement une solution.

– Je sais. Mais je suis épuisée. Excusez-moi…

Je remets mon jogging, passe devant ma mère et me dirige vers la sortie. Je traverse le hall en ignorant les gens en chaises roulantes, les docteurs et les infirmières. Pensent-ils, comme moi, que je suis folle ?

Quand les portes s'ouvrent, j'inspire une grande goulée d'air frais.

Respire. Inspire. Expire. Inspire. Expire.

J'étais dans le même état le jour où mon père est parti, quand j'ai compris que c'était probablement sa dernière visite. À ce moment-là aussi, j'ai cru que mes forces allaient m'abandonner.

Je retiens mes larmes. Il faut tout oublier. C'est trop douloureux de penser qu'il ne m'aimait pas assez pour rester. Que je ne mérite pas d'être aimée.

J'ai fait mes preuves grâce au tennis, mais c'était encore insuffisant. Sur le court, on m'appréciait pour mon jeu. J'appartenais à une équipe, et mes coéquipières m'admiraient.

Plus il y avait de pères dans les gradins, et plus je me dépassais. Comme si j'avais voulu qu'ils regrettent que je ne sois pas leur fille. Peu importait que mon père m'aime ou non, si les autres rêvaient de m'avoir pour fille… Leurs félicitations, leurs regards admiratifs étaient plus précieux pour moi que n'importe quelle coupe.

Soudain, une douleur aiguë part de ma jambe pour remonter dans la colonne, comme pour me rappeler que je ne remporterai plus aucun trophée.

– Maggie ?

Je me retourne. Ma mère est là, l'air complètement flippé.

– Je ne peux plus jouer au tennis, crié-je.

– Le Dr Gerrard aimerait que tu essaies. Tu vas essayer, dis-moi ?

Pour jouer comme un pied ? Qui m'admirera si je suis incapable de renvoyer une balle correctement ? Qui rêvera de m'avoir dans sa famille ?

– Est-ce qu'on peut y aller ? J'ai envie de rentrer.

Maman soupire. Je déteste la décevoir. Je sais qu'elle fait tout son possible pour nous soutenir sur le plan émotionnel, physique, et matériel. C'est la petite pompom girl de notre minuscule famille.

En voiture, je me sens plus calme. Ma mère semble triste et je lui demande :

– Tu attends quoi de la vie, toi ?

Elle laisse échapper un petit rire.

– En ce moment, de l'argent.

– Hormis l'argent ?

Elle penche la tête sur le côté, pensive. Quand nous arrivons à un feu rouge, elle se tourne vers moi.

– Je crois que j'aimerais partager ma vie avec un homme.

– Est-ce que papa te manque ?

– Parfois. Sa compagnie me manque, et sortir en couple. Mais les disputes ne me manquent pas.

Le feu passe au vert et elle accélère. Nous dépassons un homme et une femme qui tiennent leur fille par la main.

– Crois-tu qu'un jour, il aura envie que j'aille le voir ?

– Un jour, répète-t-elle sans certitude.

– As-tu envie de sortir avec M. Reynolds ?

Elle écarquille les yeux.

– D'où vient cette drôle de question ?

– Tu as dansé avec lui au festival d'automne. Et il n'a pas d'enfants. J'ai l'impression qu'il est fait pour toi.

Maman éclate de rire.

– Tante Mae sponsorisait l'événement, Maggie. C'est pour ça que Lou était présent.

– En tout cas, vous aviez l'air de bien vous entendre.

– Il voulait seulement se montrer agréable.

– Je ne crois pas, dis-je en secouant la tête.

– Mmmm…

– Qu'est-ce que ça veut dire ?

– Rien. Reprends ton rôle d'enfant, veux-tu ?

Nous gardons le silence jusqu'à la maison. Dans l'entrée, je prends sur moi pour déclarer :

– Juste comme ça… si jamais tu as envie d'inviter M. Reynolds à dîner un soir, ça ne me dérange pas.

Et je monte dans ma chambre.

J'ai immédiatement envie de retirer mon offre. Si j'ai

dit ça, c'est uniquement parce que je sais à quel point maman a été malheureuse ces derniers temps.

En vérité, mon père me manque, à moi aussi. Tous les jours. Plus que tout. Je sais qu'il a une autre femme, et une autre vie. Et si maman et M. Reynolds sortaient ensemble ou pis, s'ils se mariaient, que se passerait-il ? Est-ce qu'eux aussi voudraient refaire leur vie sans moi ?

Je ferme ma porte à clé et j'ouvre mon placard. Dans le fond, tapie dans l'ombre, se tient ma raquette. Je sais qu'elle est là, cachée derrière une pile de vêtements. Je sens sa présence quand je suis dans ma chambre, un peu comme la kryptonite pour Superman. Le désespoir me submerge.

D'une main hésitante, je saisis le manche de la raquette. Son poids me surprend.

– Maggie, ouvre la porte.

L'angoisse.

– Une seconde !

Je lance la raquette dans le fond du placard avant de déverrouiller ma porte. Maman pose un regard étrange sur moi. Je repousse les cheveux qui me cachent le visage, priant pour qu'elle ne sache jamais où se trouve la raquette qu'elle croit égarée.

– Maman, qu'est-ce qui t'arrive ?

– Je me disais… au sujet de Lou. Tu le pensais vraiment quand tu as dit que je devrais l'inviter à dîner ?

27

CALEB

J'ai demandé à Brian de me rejoindre au parc pour un match à un contre un. Je m'entraîne à faire des lancers francs quand il arrive dans sa Yukon.

– Tu as l'air d'un vieux dans ce tacot.

– C'est toujours mieux que ta voiture à toi, rétorque-t-il en faisant semblant de mal le prendre.

– Je ne conduis pas.

– Justement…

Nous sommes debout, face à face. C'est le moment de cracher le morceau.

– Tu sais, à propos de toi et Kendra. On fait la paix ?

– Je suis d'accord.

Je lui passe le ballon. Il dribble en le tenant trop loin de son corps, ce qui me permet de le détourner en un geste.

– Le basket n'est toujours pas ton sport préféré, on dirait ? dis-je en dribblant jusqu'à l'autre bout du terrain.

Brian accompagne chacun de mes mouvements en

reculant. Quand je m'arrête, il lève les mains pour bloquer mon tir.

– Sur un tapis de lutte, je te prends quand tu veux.

Je tire et le ballon rebondit sur le bord du panier. Brian le récupère et repart dans l'autre sens.

C'est un joueur nerveux. Il se déplace trop vite et tire trop tôt pour avoir une chance de marquer. Le ballon retombe dans l'herbe et j'attends que ses rebonds le ramènent sur le terrain pour le récupérer.

– Tu es un poids léger, Brian. Je te clouerai au sol en moins de dix secondes.

– Tu veux parier de l'argent, mon grand ? Demain après les cours ?

Je le contourne avant d'esquisser un tir simple.

– Je dois bosser.

Il rattrape le ballon.

– C'est ce que tu dis, mais personne ne sait où tu travailles. On raconte que tu es homo et qu'après les cours, tu vas rejoindre ton mec. C'est lui qui t'a fait ces bleus au visage ?

– Épargne-moi ce genre de conneries, dis-je en sentant mon corps se raidir.

Brian repart en dribblant, sans quitter le ballon des yeux.

– Pourquoi ? Tu me menaces, comme tu as menacé Drew ?

Brian envoie le ballon directement dans le panier. Je le récupère, mais, cette fois, je le garde sous le bras pour signifier le début de la pause.

– Drew me cherche, et tu le sais.

Mon vieil ami croise les bras.

– Tu as changé, Caleb. Je ne te reconnais plus. Et ça n'a rien à voir avec Kendra.

– Je suis pourtant la même personne.

Il éclate de rire.

– Tu en veux à tout le monde, ça saute aux yeux. Et ça me fait peur.

Moi, ce qui m'effraie, c'est de voir que les autres ne s'aperçoivent pas que ce sont eux qui ont changé...

– Si je te suis bien, on est tous comme avant, sauf moi ?

– Non, mon pote. Tout le monde a changé, mais tu es le seul qui n'arrives pas à l'admettre. Tu n'es plus en seconde, tu ne sors plus avec Kendra, tu n'es plus le héros de l'équipe de lutte. Tu es un ancien taulard qui fait peur aux gens.

Je vais lui montrer, tiens. Je remonte le terrain en dribblant, et quand Brian surgit devant moi, je le pousse à terre avant de tirer.

– Faute !

– Tu as dit que je devais accepter mon côté ex-taulard menaçant, non ? Je ne fais que suivre tes conseils.

Je lui tends la main. Malgré son air méfiant, il accepte mon aide et se relève. Je fais trois autres paniers, sans qu'il réussisse à me stopper.

– Tu sais ce qu'il te faut ? suggère-t-il en essuyant la sueur qui perle sur ses sourcils.

– Un autre meilleur ami ?

– Non. Il te faut une petite amie. Donne-moi le nom d'une fille que tu trouves canon. Le premier nom qui te vienne à l'esprit.

– Maggie Armstrong.
– Sois sérieux. Vas-y, donne un nom.
– Je suis sérieux.
– Tu es complètement tordu. Tu es allé en prison à cause d'elle.
– Je le sais mieux que personne.
– Tu es en train de me dire que tu en pinces pour Maggie Armstrong ? Ta voisine ? La fille qui a une démarche bizarre depuis que tu as roulé sur sa jambe ?
– Brian, tu commences à te comporter comme Drew.
Décontenancé, Brian réfléchit à ce que je viens de lui confier. Puis il éclate de rire au point de ne plus pouvoir s'arrêter. Déchaîné, il finit par rouler par terre en se tenant le ventre.
– C'est à mourir de rire ! hurle-t-il en reprenant sa respiration. Mon Dieu, dites-moi que ce n'est pas vrai…
Et si je lui bottais le train ? Est-ce que ça l'aiderait à comprendre ? Mais Brian n'est ni Vic ni Drew. Je préfère prendre sagement le ballon et rentrer en lui précisant quand même au passage qu'il peut aller se faire voir.
À mon retour, j'ai toute la maison pour moi. Poussé par l'envie de hurler, je m'apprête à ouvrir la bouche quand la sonnette retentit. Brian est suffisamment idiot pour venir me rire au nez jusque chez moi. Peut-être qu'en fin de compte, sa tête pourrait me servir de punching-ball.
Derrière la porte, ce n'est pas mon ex-meilleur ami. C'est Kendra, mon ex-petite amie. Avec ses lèvres brillantes et tout le bastringue.

– Salut.
– Salut.
– Est-ce que tes parents sont là ?
– Non.
Elle sait très bien qu'ils sont absents.
– Je peux entrer ?

Sans attendre, elle fonce directement à l'étage, dans ma chambre. Les yeux rivés sur son dos, et le string qui dépasse de son short, je lui emboîte le pas. Cette fois-ci, on ne se touchera pas. Je le sais. Pas elle, de toute évidence. Sa tenue me le prouve. Un débardeur si court qu'il est ridicule. Ses tétons ne sont qu'à quelques centimètres du bord de l'encolure à frou-frou. Et son short en révèle plus que je n'aimerais que ma petite amie en dévoile. Mais ce n'est pas avec moi qu'elle sort, c'est avec Brian.

Kendra tourne en rond dans ma chambre, effleurant mon bureau, ma commode et mes étagères de livres du bout des doigts. Quand elle s'empare de mon sabre lumineux et l'allume, je meurs d'envie de lui ordonner de ne pas y toucher.

– Quand vas-tu te débarrasser de tes jouets ? demande-t-elle en le faisant danser dans les airs.

Comme je ne réponds pas, elle soupire enfin :

– Je sais que tu es au courant pour Brian et moi. Mais je t'aime toujours.

À présent, elle se tient suffisamment près pour que le parfum de cerise de son baume me chatouille les narines. Elle passe sa langue sur ses lèvres, et se penche pour m'embrasser.

Je détourne la tête.

– Sortir avec un garçon ne te suffit pas ?

– Je vous veux tous les deux.

– C'est fini, Kend. Terminé.

– C'est faux, et tu le sais… ça peut paraître égoïste, mais c'est la vérité : je ne veux pas qu'une autre fille sorte avec toi.

– Brian est prêt à t'épouser.

Elle glousse.

– Mes parents trouvent qu'il est très bien pour moi, alors je joue le jeu. De plus, j'ai besoin d'avoir un petit ami pour me montrer en public. Mais je veux que tu sois mon amant, CB.

– Jamais de la vie.

– Tu veux parier ?

Reculant de quelques pas, elle pointe mon sabre laser sur ma gorge.

– Tu pourrais être mon petit secret, me provoque-t-elle avec malice. Tu aimes avoir des petits secrets, n'est-ce pas ?

Mon pouls s'accélère, et l'ambiance change instantanément. Une phrase tourne en boucle dans ma tête… *elle sait.*

– À quoi tu joues, Kendra ?

– Ne prends pas cet air triste, CB. Tout ce que je veux, c'est toi, dit-elle avant d'abaisser l'arme pour s'approcher, et m'embrasser.

Cette fois, je ne tourne pas la tête.

28

MAGGIE

Ma mère a mis une semaine entière à se décider à inviter M. Reynolds à dîner. Elle a dû me demander au moins vingt fois si j'étais certaine que ça ne m'embêtait pas, et je n'ai pas eu le cœur à la contrarier.

Son invité arrive à la maison en costume trois pièces gris et cravate rouge, comme s'il allait se présenter devant le tribunal pour une infraction au Code de la route. Il a apporté douze tulipes violettes pour ma mère et une boîte de chocolats pour moi.

– Merci, dis-je, embarrassée par son cadeau.

Dois-je l'ouvrir maintenant, ou attendre... jusqu'à demain ?

– Allez donc vous asseoir. Mettez-vous à l'aise, Lou, articule ma mère.

Elle est si nerveuse que ses mains n'arrêtent pas de triturer les plis de l'élégante robe noire pour laquelle elle s'est finalement décidée.

– Que voulez-vous boire ? Du vin... un porto... un soda ?

M. Reynolds sourit, avec une chaleur sincère.

– J'aime autant que vous me fassiez la surprise.

Ma mère rit avec une douceur craquante que je ne lui ai pas vue depuis des années. Elle disparaît dans la cuisine, et M. Reynolds se tourne vers moi.

– Comment se passe ton retour à l'école après cette année d'absence ?

– Je crois que ça va, dis-je en haussant les épaules.

Il regarde par la fenêtre. Que fabrique ma mère ? L'horloge posée sur la cheminée résonne, chaque seconde qui passe nous rappelant à quel point les aiguilles tournent lentement.

Tic. Tac. Tic. Tac.

M. Reynolds se frotte les mains. Il est évident qu'il attend le retour de ma mère avec la même impatience que moi.

Tic. Tac. Tic. Tac.

J'ai envie de m'excuser et de filer me cacher dans ma chambre. Au moment où je m'apprête à me lever, maman ressurgit avec trois verres et un immense sourire.

– Des Martini pour nous, et un Sprite pour Maggie.

M. Reynolds prend son verre. Leurs mains se frôlent. Je sais que c'est moi qui l'ai encouragée à l'inviter à la maison, mais soudain je le trouve trop gros, trop blond, et… ce n'est pas mon père.

Finalement, je me lève.

– Où vas-tu, ma chérie ? me demande ma mère avec inquiétude.

– Dans ma chambre. J'ai oublié d'appeler Danielle.

La voilà qui prend son air de chien battu. Elle sait que c'est un mensonge.

Une fois dans ma chambre, j'ouvre l'enveloppe dans laquelle je conserve le numéro de téléphone de mon père. Mes mains tremblent en composant les chiffres.

Trois sonneries, puis il décroche.

– Jerry Armstrong à l'appareil.

– Euh… papa ?

– Maggie, c'est toi ?

– Ouais.

– Comment se porte ma petite fille ?

– Très bien.

– Et ta jambe ? La dernière fois que je t'ai eue au téléphone, tu avais des petits soucis.

– Ça va mieux.

Ça me fait du bien de parler à mon père. Entendre sa voix familière chasse le nuage noir qui me suit à peu près partout. Je n'ai pas envie de lui dire la vérité sur l'état de ma jambe. Je préfère ne partager que les bonnes nouvelles. Si je suis positive, il aura peut-être envie de me voir ?

– Super ! Et l'école ?

Chassant les faits de ma tête, j'annonce aussi joyeusement que possible :

– C'est formidable. Je n'ai que d'excellentes notes.

– Wah !

Ensuite, le silence, et j'ai peur qu'il ne raccroche. Je suis au bord des larmes. Il a eu l'air content de m'entendre, mais je n'en suis pas certaine.

– Comment va ta mère ? demande-t-il enfin.

À l'instant où je te parle, elle s'apprête à dîner en tête à tête avec son patron, dans ton salon.

– Elle va très bien.

– Tant mieux. Tu me manques, trésor.

– Toi aussi, tu me manques. On se voit quand ?

Je m'étais promis de ne jamais le lui demander, mais ça m'a échappé. Comme si quelque chose, au fond de moi, s'était cassé net quand j'avais senti qu'il allait raccrocher. J'ai envie de hurler : « Ne suis-je pas assez bien pour toi ? », mais je me tais.

– Bientôt, quand ça sera plus calme au boulot.

Le nuage noir revient. J'ai déjà entendu cette phrase. Trop souvent.

– Maggie, tu pourrais faire quelque chose pour moi ?

Ravalant mes larmes, je demande :

– Quoi ?

– Dis à ta mère que je lui ai envoyé son chèque la semaine dernière. Et qu'elle demande à son avocat d'arrêter d'appeler le mien. À chaque fois qu'il appelle, ça me coûte une fortune.

– Je lui passerai le message.

Une voix s'élève dans le fond et détourne son attention.

– Je dois prendre un autre appel. Je suis désolé, c'est important. Je t'appelle bientôt.

– D'accord. Je t'embrasse, papa.

– Moi aussi, je t'embrasse, ma chérie.

Clic.

J'appuie ma tête contre le mur, la gorge serrée. J'ai beau me répéter de ne pas pleurer, c'est plus fort que moi. J'ai envie de me jeter sur le lit pour sangloter, la tête enfouie dans mon oreiller.

Le téléphone sonne, et je reste figée. L'appareil est toujours dans ma main. Est-ce mon père qui me rappelle déjà ? Il dit toujours qu'il téléphonera prochainement, mais il ne le fait jamais. Il a très bien pu changer. Et si, après avoir entendu ma voix, il s'était rendu compte que je lui manquais ?

– Allô ? fis-je avec entrain.

Au bout de quelques secondes, une voix féminine enregistrée annonce : « La compagnie des eaux de High Spring vous rappelle que son offre spéciale sur les fontaines d'eau reste valable durant tout le mois d'octobre. Si vous désirez commander… »

Je raccroche sans attendre la fin. C'est horrible de se sentir seule à ce point ! J'ai l'impression que personne ne se soucie un tant soit peu de ce que j'ai traversé.

Sauf une seule personne.

Sans réfléchir, je tape le numéro des Becker.

– Oui ?

C'est lui, Caleb, mais je ne sais même pas quoi dire.

– Maggie ? Je sais que c'est toi. Ton numéro s'est affiché.

– Salut, je marmonne.

– Qu'est-ce qu'il y a ?

Les larmes me montent aux yeux.

– Je voulais juste… parler avec toi.

– Pourquoi est-ce que tu pleures ? Tu t'es fait mal ? Tu es tombée ?

Si je parle, il risque de comprendre à quel point je

suis vulnérable… et que j'ai terriblement besoin de son amitié, en cet instant précis. Pendant longtemps, j'ai cru que je mourrais s'il ne m'aimait pas comme je l'aimais. D'amour. Quelle idiote j'étais !

– Si tu ne me réponds pas, je viens chez toi, que ta mère soit là ou pas.

Son ton autoritaire me porte à croire qu'il le fera.

– Peux-tu me rejoindre au parc dans dix minutes ?

– J'y serai, promet-il.

Je m'essuie les yeux avec ma manche.

– Caleb ?

– Oui.

– Merci.

Je file à la salle de bains pour m'asperger le visage d'eau fraîche avant d'informer ma mère que Danielle m'attend. Puis je me rends au parc.

Caleb surgit une minute plus tard, et ralentit le pas dès qu'il me voit. Sans dire un mot, il m'attire vers lui.

Dans ses bras, je ne maîtrise plus rien. Accrochée à son tee-shirt, je sanglote sans pouvoir m'arrêter. Incontrôlable, je raconte tout : le rendez-vous de ma mère, la conversation avec mon père, la confusion qui règne dans ma tête. Caleb ne se moque pas, il ne s'écarte pas de moi, il ne parle pas… Il me laisse faire, être ce que je suis.

Dès que je me calme, je constate que j'ai trempé son tee-shirt de larmes.

– Je suis désolée, dis-je en reniflant.

– Ne t'en fais pas pour ça. Alors, que se passe-t-il ?

Je n'ai pas compris un seul mot de ce que tu viens de dire.

Voilà que le rire se mêle aux larmes. Il baisse les yeux vers ma main, et la serre délicatement. Ce geste, j'en ai rêvé des milliers de fois. Pendant des années, je n'ai fait que nous imaginer main dans la main, marcher dans cette rue, ensemble. En général, il affiche un air sombre et lointain, mais là, en levant la tête vers lui, je rencontre une douceur que je ne lui connaissais pas. Nous allons nous asseoir au pied du vieux chêne, côte à côte.

– Maintenant, tu peux parler, offre-t-il en me lâchant la main.

C'est plus facile dans cette situation, car je ne suis pas obligée de le regarder. Je suis libre de laisser jaillir tous les mots qui me viennent, d'évoquer tout ce qui va de travers dans ma vie. J'inspire profondément, comme pour prendre de l'élan. Cette fois-ci, je vais essayer d'être claire, sans fondre en larmes.

– Ma mère a invité un homme à la maison, son patron, qui est également le fils de Mme Reynolds. Je crois qu'il lui plaît, mais je ne sais pas si je suis prête à la voir sortir avec quelqu'un. C'est égoïste de ma part, je le sais, mais mon père m'ignore depuis le divorce. Il s'est remarié, tu sais. Et je crois que sa femme veut un enfant, comme s'il n'en avait pas déjà un. Et pour couronner le tout, mon docteur dit que je devrais reprendre le tennis. Mais à chaque fois que j'y pense, ma gorge se serre et j'ai du mal à respirer... Je t'ai appelé parce que j'ai l'impression que tu es la seule personne à qui je puisse parler. Ce qui est absurde parce que c'est toi, justement…

Caleb joue avec un brin d'herbe.

– Tu penses que ta mère serait heureuse avec cet homme ?

Je repense à sa façon de danser avec lui. À sa robe noire et au trouble qu'elle n'a pu cacher.

– Oui, je crois. C'est ce qui m'effraie le plus, en fait. C'est comme une page qui se tourne. Tant de choses ont changé.

– Tu penses trop à tout ce qui pourrait arriver. Concentre-toi sur le présent, au lieu de t'inquiéter en imaginant des choses.

– Et qu'est-ce que je dois faire ?

– Sors ta raquette.

– Ce n'est pas drôle, dis-je en sentant l'angoisse me reprendre.

– Je n'ai pas dit ça pour être drôle, Maggie.

Il soupire discrètement.

– Puis-je voir tes cicatrices ?

Oh ! non, pas ça.

– Non.

Je secoue la tête avec vigueur, sans lever les yeux. Ma respiration est bloquée.

– Je t'en prie, n'aie pas peur de moi.

– Je n'ai pas peur de toi.

– Mais si. Je suis allé en prison pour quelque chose que je t'ai fait, et je ne sais même pas à quoi ça ressemble.

Tournant la tête, je plonge mes yeux dans les siens, plus sombres et plus intenses que jamais.

– Pourquoi me regardes-tu ainsi ?

– Te souviens-tu de l'accident ? demande-t-il gravement.

Je secoue la tête.

– Tu ne te souviens de rien ? Ni de la conversation que nous avons eue avant l'accident, ni du moment où je t'ai renversée ? Rien du tout ?

– Non. C'est le trou noir. Je sais seulement ce qu'on m'a raconté.

Il cligne des yeux, puis détourne la tête.

– Nous avons eu une dispute, toi et moi.

– À quel sujet ?

Il émet un rire bref.

– Kendra.

Je ne veux pas qu'il sache la vérité. Que je me rappelle chacun des mots cinglants sortis de sa bouche quand je lui ai avoué que je l'aimais. C'est le seul moment de cette soirée qui soit limpide dans ma mémoire. Tout le reste est noyé dans le brouillard.

– Je ne m'en souviens pas.

– Tu m'as dit qu'elle me trompait, que tu l'avais vue avec un autre garçon dont tu refusais de me révéler le nom. Je ne t'ai pas crue, sur le moment, mais tu avais raison. Elle sortait avec Brian avant qu'on me mette en prison.

Il me regarde fixement et, cette fois-ci, je ne détourne pas les yeux, même quand il ajoute :

– Tu as dit aussi que tu m'aimais.

Je déglutis avec difficulté, comme hypnotisée. Ses yeux qui, jusqu'à l'an dernier, ne m'avaient pas accordé plus qu'une brève attention me transpercent avec ardeur.

– Je ne m'en souviens pas, dis-je dans un murmure.

– Maggie...

Il place ma main contre sa joue rugueuse. Il tourne la tête et embrasse la partie sensible de la paume, tout en soutenant mon regard.

– J'aurais dû faire ce geste l'an dernier.

Mon cœur s'emballe, mais ses lèvres sont déjà sur les miennes.

29

CALEB

Ce ne sont pas de mauvais rêves de prison qui m'ont empêché de dormir, la nuit dernière, ni des images de la nuit de l'accident, ni des regrets violents. Allongé dans mon lit, j'ai revécu dix fois ce qui s'était passé quelques heures plus tôt. Embrasser Maggie est probablement la chose la plus stupide que j'aie jamais faite. Mais sa profonde tristesse et son air vulnérable la rendaient plus désirable que tout. Jamais je n'ai eu envie de quelque chose aussi fort.

Hier soir, nos émotions étaient réelles. Et honnêtes. Nous étions tous deux à l'état brut.

Tout en me préparant à aller en cours, je repense à la conversation qui a suivi notre baiser. Et à notre baiser. Ses lèvres tremblaient contre les miennes tant elle était nerveuse. Dès que nos lèvres se sont touchées, elle a fermé les yeux et s'est agrippée à moi. Quand je me suis reculé, j'ai eu l'impression qu'elle craignait de recevoir une mauvaise note pour son manque d'expérience.

Je n'arrive pas à le croire, a-t-elle déclaré.

Je ne sais plus si je lui ai répondu. Tout ce dont je me souvienne, c'est de ce sentiment d'être un imbécile. Pourquoi avoir embrassé la fille que je dois éviter à tout prix ? Pour être honnête, à côté d'elle, je me sentais à ma place et je n'ai pas pu lui résister. Nous avons traversé tant de moments difficiles que nos vies sont en accord. Nous sommes dans le même bateau. Le plus bizarre, c'est que je n'ai aucune envie d'en descendre.

Maggie est démoralisante, déboussolée, en colère… Et elle fredonne des airs ridicules quand elle travaille chez Mme Reynolds. Pourtant, j'aime la voir souffler sur les mèches qui lui retombent devant les yeux, je craque pour ce regard fixe qu'elle pose sur notre patronne quand celle-ci lui reproche d'avoir mal planté ses bulbes. Quand elle se tait, je dois me pincer pour ne pas lui demander de se remettre à chantonner.

Lâche l'affaire, Caleb, me dit une petite voix dans un coin de ma tête.

Bon, d'accord, après que je l'ai embrassée, elle m'a abandonné au pied de l'arbre et je me suis demandé comment j'avais pu me mettre dans un tel pétrin. Je peux la désirer de toutes mes forces, jamais je ne l'aurai vraiment. Et si je lui écrivais une lettre que je glisserai dans son casier, pour m'excuser de ce qui s'est passé ?

M'asseyant à mon bureau, je pose une feuille de papier devant moi.

Maggie,

Je suis désolé pour hier soir,

Caleb

Je me relis ; ma lettre est stupide. Je la froisse, et je recommence.

Maggie,

Si je t'ai effrayée hier soir, je m'en excuse. C'était un baiser innocent qui ne voulait rien dire de particulier.

Caleb

À peine l'ai-je signée que j'en fais une boule. Parce que ce baiser avait un sens. Les baisers de Kendra sonnent creux. Et puis zut à la fin, je ne regrette pas d'avoir cafouillé, ni de m'être rapproché de Maggie. J'avais envie de l'embrasser et j'en ai toujours envie. Bon, j'aimerais autant qu'elle en redemande, mais si déjà elle ne s'enfuyait pas la prochaine fois, ça me suffirait. Tout en me faisant une raison, je pars en avance au lycée en essayant de chasser Maggie de ma tête.

La journée passe lentement, jusqu'au cours d'informatique. Maggie est assise devant, les yeux rivés sur l'écran. Elle ne me remarque même pas quand j'entre dans la classe. J'espérais qu'elle m'adresserait un signe pour me faire comprendre que tout était clair entre nous, mais rien.

La seule personne qui se soit adressée à moi, aujourd'hui, c'est Kendra qui n'a pas cessé de m'envoyer des sourires aguicheurs. Si elle savait que celle qui attise mon désir ne m'adresse aucun regard, la pauvre !

Après les cours, je vais prendre le bus en espérant lâchement voir Maggie s'installer à l'avant. Alors que je me laisse tomber sur mon siège, au fond, j'aperçois son tee-shirt rose et son jean délavé dans l'allée. Ses longs cheveux recouvrent le côté de son visage, comme un rempart dressé contre moi, mais aucun doute, elle avance dans ma direction.

Quand elle se glisse près de moi et que le bus s'éloigne, je me crispe.

Je baisse les yeux vers nos genoux qui se touchent légèrement. Jean contre jean. Remarque-t-elle la chaleur qui circule entre nos corps ? Je ne suis plus puceau et pourtant, son moindre contact m'affole. Jusqu'ici, j'avais tout fait pour ignorer l'évidence de mes sentiments. Jusqu'à hier, au moment où je l'ai serrée dans mes bras et ses larmes ont inondé mon tee-shirt.

Sentir ses genoux ne me suffit pas. J'en veux plus.

Elle entrelace ses doigts, les mains posées sur ses jambes comme si elle ne savait pas où les mettre. Je meurs d'envie de la toucher, mais elle pourrait me repousser. C'est bien la première fois que je crains la réaction une fille.

Tout en me mordillant la lèvre, j'avance la main d'un millimètre vers la sienne.

Sans réaction de sa part, je poursuis. Encore un peu. Quand le bout de mes doigts touche son poignet, elle se raidit. Mais elle ne dégage pas sa main. *Comme sa peau est douce,* me dis-je, alors mes doigts remontent son poignet, vers ses phalanges, pour atteindre ses ongles lisses et manucurés.

Ces effleurements me rendent dingue. Ils sont plus érotiques, plus bouleversants que tout ce que j'ai pu faire avec Kendra. Je me sens aussi maladroit qu'un gamin de seconde.

Je suis tellement heureux qu'elle ne dégage pas sa main. Comme si elle lisait dans mes pensées, elle la retourne en même temps que moi. Nous voici paume contre paume… doigts contre doigts. Lovée dans la mienne, sa main paraît minuscule. Plus délicate que jamais. Elle éveille mon désir de la protéger, d'être son héros.

Nos doigts s'entrelacent avec délicatesse.

Ça y est, nous nous tenons par la main.

Maggie Armstrong et moi.

Quand elle se tourne enfin vers moi, nos regards restent accrochés l'un à l'autre. Comment se fait-il que je n'aie jamais remarqué la longueur de ses cils, ni les éclats dorés qui scintillent dans ses yeux noisette dès que le soleil éclaire son visage ?

Chez Mme Reynolds, nous sommes accueillis par une délicieuse odeur de cookies.

– Je suis si contente que vous soyez là tous les deux, chantonne Mme Reynolds. Venez à la cuisine. J'ai…

La vieille dame penche la tête sur le côté pour observer Maggie, puis moi.

– Est-ce qu'il fait chaud, dehors ?

Maggie fait un signe négatif, tandis que je réponds :

– Pas particulièrement. Pourquoi ?

– Parce que vous avez les joues rouges, tous les deux.

Pour toute réponse, Maggie hausse les épaules et nous nous dirigeons vers la cuisine.

Après avoir mangé nos cookies, préparés selon une vieille recette secrète à la cannelle, nous descendons au jardin. Pendant que je bricole, je sens sur moi les regards de Maggie qui, à genoux, plante des bulbes en respectant les instructions de Mme Reynolds.

Quand la vieille dame s'endort, j'écoute Maggie chantonner. Soudain, ne l'entendant plus, je lève les yeux pour m'apercevoir qu'elle a disparu. Filant à l'intérieur, je la trouve dans la cuisine, occupée à presser des citrons au-dessus d'un pichet.

– Tu m'a suivie ? demande-t-elle sans lever les yeux.

– Ouais.

– Pourquoi ?

– Sincèrement ? Parce que je veux être là où tu es.

30

MAGGIE

– Maggie ! mugit Mme Reynolds depuis le jardin.

Caleb recule de quelques pas en esquissant un geste d'impuissance.

– On dirait qu'il est temps que je me remette au boulot, conclut-il avant de sortir.

Je reste immobile, un demi-citron dans la main. Je suis sans voix, sonnée... *Caleb veut être là où je suis.* Caleb Becker. Celui dont je rêve depuis que je suis née, ou presque. Le garçon que j'espionnais de la fenêtre de ma chambre pour m'aider à tenir jusqu'à notre prochaine rencontre.

Le jeune homme qui m'a renversée en voiture et abandonnée sur le bord de la route...

Dans ses yeux, je vois qu'il n'est plus le même. L'ancien Caleb ne s'intéressait qu'à lui-même ; celui-ci semble... généreux. Mon cœur aurait-il commencé à lui pardonner ?

Hier soir, je me suis enfuie parce que notre baiser était trop parfait. C'était le baiser de tous mes rêves, mais j'ai eu tellement peur qu'il ne veuille pas recommencer, qu'il l'abîme ou le dévalorise, que j'ai préféré partir.

Quand le bus nous dépose à l'angle de notre rue, je propose à Caleb de venir à la maison.

– Est-ce que ta mère est chez toi ? demande-t-il.

– Elle ne rentrera pas avant une heure.

– D'accord, répond-il en haussant les épaules.

Ça y est, il est chez moi, dans ma chambre.

– Ma mère serait folle si elle savait que tu étais là, dans ma chambre… et que nous sommes seuls.

– La mienne aussi, je crois. Tu préfères que je m'en aille ?

– Non, dis-je en souriant. Il est temps que nous fassions nos propres choix.

Il prend le temps de faire le tour, en considérant le décor jaune et rose de ma chambre. Il s'arrête sur une paire de gants de boxe rouge et blanc accrochée au-dessus de mon lit.

– C'est à toi ?

– Je l'ai eue quand j'étais à l'hôpital. Pour que je n'oublie pas de me battre.

Il sourit avec nostalgie.

– Je suis las de me battre. Je n'en peux plus de ressasser cet accident…

On dirait qu'il se parle à lui-même. Je lui prends les gants des mains.

– Moi aussi.

Et pour la première fois depuis cette nuit fatidique, je le pense sincèrement.

Quand il plonge ses yeux dans les miens, je lui pose la question :

– Pourquoi es-tu là ? En toute franchise...

– Je ne sais pas...

Il se passe une main sur la tête et fronce les sourcils.

– Oh ! je sais à quel point ça peut paraître dingue, mais... et c'est ça qui me rend fou, quand je suis près de toi, j'arrive enfin à éprouver des choses, comme avant. La nuit dernière, je suis resté éveillé à imaginer que je te serrais dans mes bras, jusqu'à ce que toute ma souffrance et toute ma stupeur disparaissent. C'est comme si j'avais besoin de toi pour garder la raison. Je croyais que Kendra m'aiderait à tout oublier. Mais c'est toi, finalement. Et rien que toi. Tu ne trouves pas ça tordu, Maggie ? Parce que si toi, tu me dis que ce n'est pas normal, peut-être que je te croirai.

– Ça n'a rien de fou, ni de tordu, dis-je en me précipitant dans ses bras pour le serrer fort, aussi fort que possible.

– Pourras-tu me pardonner, un jour ? demande-t-il d'une voix tremblante.

Une larme, une seule, coule le long de ma joue. Je sens sa chaleur humide sur ma peau. Je ne sais pas à quel moment précis c'est arrivé, mais quelque chose a changé. J'ai changé. Je pense que j'ai enfin tourné la page. Je suis prête à reprendre ma vie en main, et à la vivre pleinement.

– Je t'ai déjà pardonné, Caleb.

Nous restons immobiles pendant un long moment. Une chose est sûre : il apaise ma souffrance autant que je contribue à effacer la sienne. Avant, tout était confus : mes sentiments pour lui, l'accident, ses conséquences… Mais quand il me tient dans ses bras, j'oublie l'impression de trahison à laquelle je m'accroche depuis si longtemps.

Il s'écarte un peu de moi. Il renifle et s'essuie les yeux du plat de la main.

– J'ai un truc dans les yeux.

– C'est normal de pleurer, Caleb. Je ne le dirai à personne.

Puis, regardant le placard où je cache ma raquette, j'ajoute :

– Je pleure souvent, moi.

– Je vais tout faire pour que ça change.

Il a déjà changé les choses.

– Ma mère va rentrer d'une minute à l'autre, dis-je sans pouvoir me détourner de ses yeux d'un bleu hypnotique.

– Alors il vaudrait mieux que je file.

Il s'approche de moi et les battements de nos cœurs se mélangent. Avec son pouce, il suit le contour de ma bouche.

– Tu as les lèvres douces.

– Comme tu le sais, je… je n'ai pas beaucoup d'expérience en matière de… baisers.

Je poursuis en baissant les yeux :

– Tu dois avoir l'habitude d'embrasser des filles qui savent s'y prendre, comme Kendra. Moi, je suis novice et j'ai peur de m'y prendre mal, ou de… Oh, non ! je suis vraiment ridicule, maintenant.

– Mais je n'allais pas t'embrasser.

– Ah bon ?

Je lève les yeux vers lui. *Bien sûr que non, andouille. Pourquoi m'embrasserait-il alors qu'il peut sortir avec une fille qui sait y faire ? Un fille qui ne l'a pas envoyé en prison…*

– Non, confirme-t-il. Parce que la prochaine fois que je t'embrasserai, ta mère ne sera pas sur le point de rentrer et je prendrai tout mon temps.

Vérifiant l'heure à mon réveil, je confirme d'un signe de tête. Pensif, il se mordille la lèvre inférieure.

– La prochaine fois que je t'embrasserai, ça durera très longtemps. Et quand on arrêtera, tu comprendras qu'aucune expérience n'est nécessaire au plus beau des baisers.

Me laissant seule, émerveillée, Caleb sort de chez moi.

31

CALEB

C'est dimanche. Le jour du foot. Je suis au Dusty's Sports Bar avec les copains, dans la salle du restaurant où sont disposés trois grands écrans.

C'est un endroit délabré. Même les tables et les chaises en bois sombre chancellent sous l'usure. Mais les écrans sont suffisamment récents pour attirer toute la population masculine des environs.

Que fait Maggie, aujourd'hui ? Le matin, elle travaille pour Mme Reynolds, mais elle doit rentrer de bonne heure. Est-elle chez elle, assise dans sa chambre ? Ou a-t-elle des séances de rééducation le dimanche ?

– Tu as vu ça, Becker ? demande Tristan tandis que la foule rugit.

– Désolé, je rêvassais.

J'étais en train de penser à quelqu'un que la raison m'interdit d'évoquer…

Secouant la tête, Tristan m'indique l'écran du doigt.

– Je te jure, ce Guerrera devrait se mettre de la colle

dans les mains s'il veut garder le ballon. C'est la troisième fois qu'il rate une réception !

– La quatrième, corrige Drew.

Je n'ai rien suivi.

Brian, qui regarde vers l'entrée, salue quelqu'un qui vient d'arriver. En me retournant, je découvre Kendra suivie d'Hannah, de Brianne, Danielle et Sabrina. À mon avis, leurs danses de pom-pom girls passeraient mal dans ce troquet. Mais sait-on jamais…

– Qu'est-ce qu'elles fichent ici ? demande un Tristan réticent à Brian, qui les a, de toute évidence, invitées.

– Est-ce qu'on pourrait changer les règles pour cette fois ? Kendra avait très envie de venir…

– Beuh, je vais vomir, geint Drew en faisant semblant d'avoir des haut-le-cœur.

– Elle te tient par les couilles, mec. Quand vas-tu ouvrir les yeux ?

Drew, le salaud autoproclamé de la bande, vient de mettre dans le mille pour la première fois de sa vie. Je m'apprête à le lui dire, mais les filles sont déjà à notre table. Kendra porte un jean moulant et un pull des Bears. Le pull de Brian, celui qu'il porte tous les dimanches, si ma mémoire est bonne.

Ce dernier ne quitte plus des yeux son trophée vivant. Voilà à quoi je devais ressembler quand j'étais avec elle. À un couillon débordant de reconnaissance béate. Et puis quoi encore ? Qu'on m'abatte sur-le-champ !

– On peut se joindre à vous, les gars ? demande Kendra en s'asseyant à côté de Brian et en faisant déjà signe à ses copines d'aller chercher des sièges.

C'est contraire à nos règles : pas de filles au foot le dimanche ! Tristan et Drew n'ont pas l'air plus enchantés que moi. Si nous avons créé cette règle, c'était, au départ, parce que nous étions tous d'accord pour admettre que les filles ne s'intéressent pas au foot. Tout ce qu'elles veulent, c'est détourner notre attention des écrans. Comme une sorte de test, pour voir si on les préfère au sport.

– Alors, Caleb ? Comment ça va ? demande Danielle en s'installant à côté de moi.

Avant que je puisse répondre, la serveuse dépose nos assiettes sur la table, et prend la commande des filles.

– Vous faites des salades ? demande Brianne.

– Nous n'avons pas de salades. Seulement des hamburgers, des sandwichs au poulet, des wings et des frites, explique la serveuse en ravalant un rire.

– Je vais prendre un Coca light, articule Brianne, horrifiée.

Ses copines commandent la même chose. Tristan lève les yeux au ciel.

– Attendez ! je vais prendre un hamburger. Sans fromage. Nature, corrige Sabrina en rappelant la serveuse.

– Un burger nature, et cinq Coca light, récapitule cette dernière.

– Moi aussi, je veux un hamburger, se réveille Danielle. Nature, comme le sien.

– Deux burgers nature, et cinq Coca light.

Brianne hausse les sourcils et Danielle hausse les épaules.

– Et alors ? Je n'ai pas déjeuné et je meurs de faim. Et je recommence à m'autoriser le gluten.

Drew se lève brusquement.

– Écoutez, les filles, si vous voulez vous joindre à nous, il va falloir suivre quelques règles. On ne parle pas de salade, et je ne veux plus entendre le mot *gluten*. Si vous n'êtes pas venues ici pour parler des Bears ou de football, ou pour évoquer des souvenirs de 1985, vous vous trompez d'adresse. Et pour l'amour du ciel, si vous ne savez pas quelle équipe défendre, je préfère que vous vous taisiez. C'est compris ?

Kendra fronce les sourcils.

– Que s'est-il passé en 1985 ? Ça m'ennuie d'avoir à dire ça, mais nous n'étions pas encore nées.

Tandis que Drew se frappe le front de désespoir, Brian couvre la bouche de Kendra.

– C'est l'année où les Bears ont remporté le Super Bowl pour la dernière fois.

– Tu sais ce qu'est le Super Bowl, dis-moi ? demande Drew en se rasseyant.

– Bien sûr qu'elle le sait, répond Brian avant d'enrouler un bras autour des épaules de Kendra.

Jusqu'à la mi-temps, les filles gardent le silence, contrairement aux clients du restaurant qui poussent toutes sortes de cris. Pendant une page de publicité, je m'aperçois que Kendra ne me quitte pas des yeux. Elle murmure quelque chose à Brian, qui sourit, puis elle lui lèche le lobe de l'oreille.

Dégoûté, je vais aux toilettes. Après m'être lavé les mains, je me penche vers mon reflet dans le miroir.

Je suis dans un sale état, incapable de me détendre en compagnie de mes amis. C'est surtout à cause des filles. En particulier de Kendra. Elle me met les nerfs en pelote, en me rappelant le passé. L'accident. Maggie.

Soudain, la porte des toilettes s'ouvre et Kendra surgit, aguicheuse.

Je la préviens :

– Tu es sûre que ton mec ne t'a pas suivie ?

Elle se dandine jusqu'à moi, et me colle suffisamment pour que je puisse sentir son parfum mélangé à la cerise de son brillant à lèvres.

– Il ne viendra pas. Il croit que tu es bouleversé, et je lui ai dit que j'allais te parler. Il nous fait confiance.

– C'est un imbécile.

– Il est également convaincu que tu es jaloux. Tu l'es ?

– Oh, que oui...

Puisque c'est ce qu'elle a envie d'entendre, je lui donne ce qu'elle est venue chercher. Elle aime ce jeu. J'en ai marre de jouer, mais c'est la seule façon de s'en sortir avec elle.

– Tu es fuyant, ces derniers temps, Caleb.

– Je suis occupé.

– Je croyais que nous avions un arrangement.

La seule relation que j'aie envie d'avoir est celle que j'ai déjà, avec Maggie. Elle n'est pas plus publique que la nôtre, mais, au moins, elle est authentique.

Quelque chose me tracasse : Kendra est-elle au courant ? À chaque fois que nous nous voyons, elle laisse entendre qu'elle en sait plus que n'importe qui sur l'accident. Et si c'était faux ? Et si c'était un moyen de me tenir en laisse ? Ce fameux soir, nous avions bu autant l'un que l'autre, mais son corps mince doit moins bien tenir l'alcool que le mien. Est-ce qu'elle joue avec moi ? Est-ce qu'elle me manipule ? Elle est peut-être plus maligne que moi, après tout…

J'ai très envie de l'expulser de ma vie, mais ce serait trop risqué et je n'ose pas prendre le risque.

Elle fait remonter ses ongles peints en rouge ardent sur mon tee-shirt, comme une araignée. Quand ils atteignent mon épaule, elle se penche vers moi.

– Tu es ma drogue, Caleb. Je suis incapable de me passer de toi.

Elle se complaît dans cette situation. Ça doit l'exciter de se dire que n'importe qui peut entrer à tout moment. C'est le facteur risque qui la fait vibrer.

– Comment se fait-il, alors, que tu suces l'oreille d'un autre ?

Je ne sais pas pourquoi j'ai posé cette question. En vérité, ça m'est tout à fait égal. Posant une main sur sa taille, je m'apprête à la repousser. J'en ai plus qu'assez d'être son pion.

– J'avais envie de te faire réagir, me dit-elle. Et ça a marché. Ces deux dernières semaines, tu ne m'as rien donné, aucun sentiment, aucun encouragement. Brian pense que tu en pinces pour Maggie Armstrong. C'est absurde, non ?

Avant que j'aie pu répondre, la porte s'ouvre. Quand Drew apparaît, Kendra et moi sommes si près l'un de l'autre que l'on pourrait croire que nous nous enlaçons.

– Je n'ai rien vu, déclare-t-il en se dirigeant vers les urinoirs.

Avant d'ouvrir sa braguette, il se tourne vers Kendra.

– Ça t'ennuierait d'aller ailleurs ?

– Oh, j'en ai vu d'autres, tu sais, rétorque-t-elle en se détachant de moi.

Enfin, nous ne nous touchons plus.

– Ouais, dit Drew avec un rire bref, tu as peut-être fait le tour de mes amis, mais tu ne poseras pas les mains sur le mien.

– D'après ce qu'on m'a dit, une seule main te suffit.

– Bon, ça suffit, Kendra, m'énervé-je. Va rejoindre Brian et laisse Drew pisser tranquille.

Blessée par ma réaction, elle sort précipitamment, non sans avoir pris la peine de murmurer :

– Connard.

– Pétasse, réplique Drew en se dirigeant vers les lavabos. Tu crois que brancher Kendra est une solution, Caleb ? Tu devrais la laisser à Brian et passer à quelqu'un d'autre.

– C'est un peu plus compliqué que ça.

Drew n'a pas l'air de me croire. Il fait claquer sa langue comme Mme Reynolds.

– C'est toi qui compliques l'affaire.

Soudain, je comprends tout.

Pour la seconde fois de la journée, Drew met dans le mille. Depuis le début, je laisse Kendra me manipuler au lieu de tenir les rênes sans me soucier d'elle. J'ai pris le problème à l'envers, alors que la solution était tellement simple !

Je sors un billet de vingt dollars de mon portefeuille et le tends à Drew.

– Tiens, pour l'addition. Je me tire d'ici.

– Pour qui tu me prends ? Je ne dirai rien à Brian…

– Au point où j'en suis, ça m'est égal, dis-je avant de sortir des toilettes pour quitter le bar par la porte de secours.

32

MAGGIE

Quelle surprise ! Caleb déboule chez moi au milieu de l'après-midi, l'air déterminé.

– J'avais envie de te voir. Est-ce que ta mère est là ?

– Non. Elle vient de partir travailler.

Je l'entraîne vers ma chambre et lui propose de s'asseoir pendant que je vais chercher à boire et à manger. Assis par terre, nous grignotons des chips. Nous parlons de l'école, de la lutte, et de l'époque amusante où nous étions des gamins de maternelle. Et de toutes les bêtises que nous avons pu faire. Ensuite nous jouons au rami. Pas une seule fois, il n'est question de s'embrasser. Il n'a pas ce regard brûlant d'envie que j'ai récemment découvert. Quelque chose le tracasse. Je ne sais pas ce que c'est, mais ça le perturbe.

Au bout d'un moment, il pose les cartes et déclare :

– J'ai envie de t'aider, Maggie.

– À quoi faire ?

– À reprendre le tennis. Je t'ai surprise plusieurs fois à regarder vers ton placard comme s'il y avait un monstre à l'intérieur. Alors je l'ai ouvert pendant que tu étais à la cuisine. Et j'ai trouvé ta raquette.

Je me lève, le cœur battant.

– Je ne rejouerai jamais.

Il se lève à son tour.

– Je ne veux pas te faire de peine, Maggie. J'ai juste envie de t'aider.

– Je ne peux plus jouer, dis-je en lui tournant le dos.

– Essaie, au moins. Qu'as-tu à perdre ?

– Je ne retrouverai jamais mon niveau.

– Qui a dit que tu devais être la meilleure ?

Il ne s'agit pas simplement de jouer au tennis. L'enjeu, pour moi, va bien au-delà, mais il ne peut pas comprendre.

Je regarde Caleb et, soudain, j'ai envie qu'il soit fier de moi. Il fait de son mieux pour alléger ma peine. Moi aussi, j'ai envie de l'aider.

– C'est bon, je vais essayer. Mais il ne faut pas espérer grand-chose.

– Promis.

Un quart d'heure plus tard, nous sommes derrière le lycée de Paradise High, devant les courts de tennis. Le cœur battant d'anxiété, je suis Caleb jusqu'au terrain.

Il me tend ma raquette.

Comme j'hésite, il saisit ma main et enroule mes doigts autour du manche.

– J'ai peur, dois-je avouer.

– Moi aussi, admet-il en levant les sourcils avec un air blagueur. Tu pourrais me battre et mettre à mal mon image de mec coriace.

– Tu n'as pas besoin de moi pour avoir l'air coriace, Caleb, dis-je en riant.

Ensuite, balles en main, il va se placer de l'autre côté du filet.

– Vas-y doucement, rigole-t-il, je suis fragile.

Il m'envoie une balle facile, en douceur. L'instinct prend le dessus et je la renvoie sans hésiter. Ça fait du bien, je dois l'admettre, mais ça me fait tout drôle. Mon corps ne bouge plus comme avant. Je me sens raide, incapable de me mouvoir avec souplesse. Mes jambes se placent en retard, et de travers. Quand la balle arrive sur moi, je n'arrive pas à trouver l'équilibre nécessaire pour pivoter correctement. Je ne parviens même pas à me pencher en avant, dans la position d'attente, pour me préparer à foncer sur la balle suivante.

Quand Caleb me relance la balle, je reste figée. Il se redresse en secouant la tête.

– Tu aurais pu l'avoir.

– Pas envie. On peut y aller maintenant ?

– Non. Tu vas me la renvoyer dix fois, et ensuite on pourra partir.

Il tape dans la balle et l'envoie droit sur moi. Je relance tranquillement.

– Neuf, décompte-t-il.

Les trois balles suivantes m'arrivent à portée de bras. Je les renvoie doucement, de sorte qu'elles franchissent aisément le filet et arrivent pile devant lui. Mes pieds sont toujours à la même place.

– Six.

Il m'envoie cinq autres balles faciles, qui retombent devant moi. Je les renvoie sans forcer.

– Encore une, Maggie. Ensuite, on s'en va.

Super. Plus qu'une avant la fin de la séance d'humiliation.

La balle arrive à toute vitesse, et je n'essaie même pas de la rattraper. Il recommence… encore… et encore. Je laisse tomber la raquette le long de ma jambe en le regardant fixement.

– Tu cherches à m'humilier ?

– Arrête de faire le bébé et fonce sur la balle, dit-il en secouant la tête. Vas-y !

Comment ose-t-il ?

Cette fois-ci, quand la balle arrive dans mon camp, je fais trois grands pas pour aller la taper. Je la renvoie violemment, ma force se mêlant à la frustration que je refoule depuis si longtemps.

– Aïe ! crie Caleb, touché au bras.

Je ne lui demande pas si ça va ; son air arrogant m'en coupe l'envie.

– Est-ce que ça t'a fait autant de bien qu'à moi ? demande-t-il.

Je lui lance ma raquette avant de quitter le court.

Je ne lui donnerai pas la satisfaction d'entendre que c'était exaltant et fabuleux !

Il me rattrape et me prend dans ses bras.

– Je vais avoir un bleu, tu sais. Mais te voir taper aussi fort m'a émoustillé.

J'examine rapidement la marque laissée par la balle sur son bras.

– Ah, oui ?

D'un mouvement vif, il me plaque contre le grillage.

– Je peux t'embrasser ?

Mon ventre se serre. Adieu, la colère. Le plaisir prend le dessus.

– Ici ?

– Oui. Ici, et maintenant. Tu vas t'enfuir comme la dernière fois ?

– Je ne pense pas, mais je n'en suis pas sûre.

Il sourit, amusé par ma réponse.

Je plonge mes yeux dans les siens, dans son monde intime, me léchant les lèvres à l'idée de ce qui va suivre.

Notre marathon de baisers commence. Au bout d'une heure à mêler nos lèvres et nos langues, à échanger des caresses plus ou moins innocentes, je me sens moins maladroite qu'avant. Mon manque de confiance a disparu, comme par miracle.

Nous passons directement du parc à ma chambre. À mon lit. Caleb s'écarte de moi en gémissant.

– Il va falloir arrêter, sinon je vais avoir des courbatures pendant des jours.

Détendue, j'abandonne ma tête contre son torse.

Sa respiration est aussi rapide que la mienne. Je prends une profonde inspiration pour mieux profiter de l'instant. Je serais capable de rester ainsi toute ma vie, sans rien changer. Juste en profiter. Me sentir désirable. Protégée. Normale.

– Je pourrais t'en vouloir de m'avoir forcée à jouer au tennis.

– Ouais. Mais ça n'aurait aucun intérêt. De plus, tu vas repenser à mes baisers pendant des semaines.

– Tu sais que tu souffres d'un sérieux problème d'égo ?

– Seulement avec toi.

Il glousse et bâille.

– Tu t'ennuies ?

– Pas du tout, répond-il en me caressant les cheveux. C'est juste que… je ne dors pas très bien, en ce moment. Et là, je suis tellement détendu et paisible que mon corps lâche.

Je me mets en appui sur mes coudes.

– Dors, alors.

– Ici ?

– Bien sûr. Ma mère rentre tard, ce soir.

Je me lève pour lui laisser tout le lit.

– Ne t'en va pas. Allonge-toi près de moi, murmure-t-il en me prenant contre lui. Tu es si différente des autres.

– Ne dis pas ça, dis-je en détournant le regard.

J'ai envie de croire que je suis comme les autres filles, au moins brièvement.

– Mais tu es différente, d'une façon positive. Très positive, précise-t-il en fronçant les sourcils.

Nous sommes enlacés comme si nous sortions ensemble depuis des années. Nous partageons même l'oreiller sur lequel je dors depuis que j'ai dix ans. Je m'endors en me berçant de la respiration de Caleb, qui se fait lente et régulière au moment où il s'abandonne au sommeil.

Soudain, j'entends claquer la porte d'entrée.

– Caleb, réveille-toi. Ma mère est rentrée.

En une seconde, il rassemble ses affaires. Nous avons dormi plus de cinq heures.

– Ne bouge pas d'ici, et ne fais pas de bruit, dis-je avant d'embrasser ses lèvres encore engourdies.

Après m'être dégagée de son étreinte, je descends au rez-de-chaussée.

– Salut, maman, dis-je d'une voix endormie.

– Je ne voulais pas te réveiller, mon trésor. Je déteste rentrer aussi tard le dimanche, mais c'est toujours mieux que de ne pas déjeuner avec toi le matin. J'ai l'impression que nous n'avons pas passé beaucoup de temps ensemble, ces dernières semaines.

Elle monte et je la suis. Pourvu qu'elle n'ait pas l'idée d'aller traîner dans ma chambre, comme elle le fait parfois.

– Tout va bien, maman. Tu t'en fais toujours pour des petits riens.

J'entends mon lit craquer, derrière ma porte, mais elle n'a rien remarqué.

– Tu as dormi tout habillée ?

Oups.

– Oh, je me suis endormie en bouquinant.

– Je suis morte de fatigue, moi aussi. Retourne au lit. Tu as école demain matin. Et déshabille-toi avant de te coucher.

– D'accord, bonne nuit, maman !

Dès qu'elle a disparu dans sa chambre, je me précipite dans la mienne et trouve Caleb assis sur mon lit.

– Je suis vraiment navré. J'ai perdu la notion du temps, murmure-t-il avec cet air irrésistible et placide qu'il arbore toujours, même quand il est mal réveillé.

– Moi aussi.

Il se dirige vers la fenêtre.

– Caleb, que fais-tu ?

– Je cherche une issue.

Posant la main sur son bras, je le retiens.

– Je refuse que tu passes par la fenêtre de ma chambre. Attends un quart d'heure. Ma mère s'endort rapidement et ensuite dort comme un bébé. De toute façon, si elle nous surprend, on reste solidaires. On est dans le même bateau, d'accord ?

Il prend le temps de répondre, comme s'il avait du mal à me croire.

– D'accord.

33

CALEB

Ce matin, Damon est passé à la maison avec les tests d'évaluation de l'État de l'Illinois. Il a commencé par interroger ma famille, y compris Leah, avant de me retrouver en tête en tête, dans ma chambre, pour me cuisiner à son gré.

Je lui raconte que j'ai demandé à Maggie l'autorisation de voir sa jambe. Autant laisser de côté le fait que nous travaillons ensemble tous les soirs, ou qu'elle est la seule personne capable de me faire oublier l'année écoulée. Sans parler du fait que nous avons dormi dans le même lit...

– Tu n'as pas le droit d'être seul avec ta victime, Caleb, me rappelle-t-il.

– Soyez sans crainte...

Il traverse la pièce et place ses mains sur ses tempes, comme s'il était pris d'une brusque migraine.

– Tu lui fais les yeux doux ?

– À qui ?

– À Maggie.

– Mais non, pas du tout.

– Vous, les gosses des petites villes, vous êtes différents. Bon, on va changer les règles : ne t'approche pas d'elle.

– J'ai le choix ?

– Non.

Damon ouvre un dossier et sort la mine de son stylo. *Clic.Clic.*

– Tu es presque arrivé au bout de tes heures de travaux. Un belvédère pour Mme Reynolds ? Je vois que tu y bosses depuis trois semaines.

– Si tout se passe bien, je devrais avoir terminé à la fin de la semaine prochaine.

Ah, quand même, il a l'air impressionné.

– C'est du bon boulot, Caleb. Tu m'as fait douter au début, mais finalement tu es super. Je suis fier de toi. Revoyons-nous la semaine prochaine pour parler de ce qui se passera après ta libération.

Cette visite de Damon m'a redonné de l'énergie, surtout parce que la menace d'un éventuel retour en prison appartiendra bientôt au passé. Mais pour cela, il faut absolument que mes rapports avec Maggie restent secrets.

Je vais frapper à la porte de ma sœur. Sa chambre est en réalité une cave où elle hiberne toute l'année, sauf pour aller en cours et s'alimenter.

Comme elle ne répond pas, je frappe plus fort.

– Leah, ouvre-moi !

– Qu'est-ce que tu veux ? demande-t-elle à travers le mur.

C'est plus difficile que prévu.

– Contente-toi d'ouvrir cette porte !

Elle entrouvre à peine. Je la pousse afin de pouvoir entrer. Il fait tellement noir, là-dedans, que j'éprouve un besoin urgent de tirer les rideaux.

– Referme ça.

– Il faut qu'on parle et je ne vois rien du tout.

– Je n'ai pas envie de parler.

– Dommage, dis-je en croisant les bras.

Leah se cramponne à la poignée de la porte, comme si elle préparait sa fuite.

– Maman et papa sont à la maison ? demande-t-elle, nerveuse.

– Ils sont sortis.

Je ne sais pas par où commencer. Tout ce que je sais, c'est que je suis prêt à parler à voix haute. C'est tapi au fond de moi depuis plus d'un an. Le démon va devoir me lâcher. Couvrir les conneries des autres, et vivre dans un monde imaginaire, ce n'est pas une vie.

Rassemblant tout mon courage, je me lance :

– Tu as renversé Maggie avec la voiture et j'ai endossé tous les torts. Mais c'était une bêtise. Je ne l'aurais pas fait si j'avais su que tu te transformerais en cadavre.

Elle écarquille les yeux, comme si elle saisissait la vérité pour la toute première fois.

– Parle, Leah. Dis quelque chose… n'importe quoi.

– Je n'arrive pas à l'admettre ! rugit-elle, avant de se jeter sur son lit en se cachant la tête.

Je lui lance une boîte de mouchoirs que je trouve

sur sa table de nuit. Je reste debout, à côté d'elle, en sanglots.

– Je suis désolée, Caleb, je le regrette tellement. J'aurais pu la tuer, se lamente-t-elle.

– Oui, mais elle n'est pas morte.

– Je suis restée là, à les regarder te mettre les menottes. Je les ai laissés t'emmener.

J'ai toujours tenu le rôle du fauteur de troubles, dans notre famille, de celui qui commet toutes les erreurs. Leah était la jumelle impeccable, et j'étais le rebelle. Même ivre, je n'ai pas hésité à me porter coupable. Leah ne pouvait pas être menottée, arrêtée, et condamnée. Elle n'aurait pas pu supporter la prison. Moi, j'en avais la force.

Les flics n'ont pas posé de questions quand j'ai tout avoué. Mes parents n'ont même pas été étonnés par ma culpabilité.

– Tout est fini, lui dis-je.

– Non, Caleb, ce n'est pas fini. Il n'y aura jamais de fin. Je vais porter le poids de cette culpabilité jusqu'à la fin de mes jours. Je n'arrive même pas à regarder Maggie. Putain, Caleb, même toi je n'arrive pas à te regarder en face. C'est tellement dur pour moi ! Tu n'imagines pas à quel point.

Elle a raison. Je ne peux pas me mettre à sa place.

Se tournant vers moi, elle me tend un visage terrifié.

– Tu ne le diras à personne, dis ? Promets-moi de ne jamais le dire à personne.

Je baisse les yeux vers ma sœur jumelle, la fille avec qui j'ai partagé le ventre de ma mère, tous mes anniversaires, et toute mon enfance. Elle devrait me connaître aussi bien que je la connais, éprouver mes souffrances comme je ressens les siennes. Elle devrait savoir que ce secret me ronge de l'intérieur, moi aussi. Mais elle a perdu le sens des réalités et maintenant elle m'ignore, pour se concentrer uniquement sur elle-même. Au bout du compte, nous sommes devenus deux étrangers.

34

MAGGIE

Je fredonne une vieille chanson que ma mère me chantait quand elle me bordait, le soir, à l'époque où j'avais peur du noir. Ma vie d'alors était moins compliquée. Mon père vivait à la maison et le seul travail de maman consistait à être une mère.

Désormais, elle travaille comme serveuse, et elle fréquente un homme. Bon, d'accord, je suis quelque peu responsable du second point. Je ne peux pas lui reprocher de vouloir sortir le soir. Grâce à Caleb, j'ai réussi à me faire une raison.

Quand il m'a embrassée pour la première fois, toute la soirée s'est teintée de magie. J'étais prête à n'être qu'une amie pour lui, à chérir notre relation platonique, et hop ! nos liens se sont brusquement... développés. Avec lui, j'oublie que je boite. Seul me reste à l'esprit le bonheur de parler, de partager et d'embrasser.

Suis-je retombée amoureuse de Caleb Becker ? Je ne sais pas. J'ai tellement peur de souffrir que j'ai bâti un rempart protecteur autour de mon cœur. Mais je sens que Caleb grignote peu à peu ce mur.

Après le travail, nous avons pris l'habitude de descendre du bus deux arrêts avant chez nous pour être plus longtemps ensemble. Malheureusement, aujourd'hui il avait rendez-vous avec un éducateur de la maison de correction. C'est important pour lui, et j'espère que tout va bien se passer.

Je lui ai pardonné l'accident. Il y a deux jours, il a tenté d'aborder le sujet, en affirmant qu'il avait une révélation à me faire. Je l'ai interrompu en l'embrassant et lui ai promis que je ne lui en voulais plus.

Le vent souffle et les feuilles commencent à tomber. C'est la fin de l'été. Les arbres, l'herbe et les fleurs se préparent à dormir. En plantant les derniers bulbes de Mme Reynolds, je songe à l'hiver qu'ils vont devoir endurer avant le dégel, quand les bourgeons seront prêts à accueillir les premiers rayons du soleil.

Sortant de mes rêveries nourries de chansons, d'arbres et de Caleb, je lève le nez pour tomber sur Mme Reynolds. J'arrête immédiatement de chanter.

– Comme tu es gaie, aujourd'hui !

– Je n'ai plus que cinq bulbes à mettre en terre, et tout sera fini.

– Ça aussi, c'est une bonne nouvelle, dit-elle en observant le ciel qui s'assombrit.

– Le temps est en train de changer. Le fond de l'air est déjà plus frais, l'hiver approche.

– Oui, je le sens, moi aussi.

Après avoir planté la dernière jonquille, nous nous installons pour dîner ensemble.

– J'aimerais vous inviter à dîner, un soir, toi et ta mère. Mais seulement si ça ne te gêne pas.

– Mais non, pourquoi ?

– Parce que mon fils a passé plus de soirées avec ta mère qu'avec quiconque en trois ans. Je lui ai donné des conseils, tu sais. C'est moi qui lui ai dit comment s'y prendre.

– Vraiment ?

– Est-ce que Lou t'a apporté des chocolats la première fois qu'il est venu chez vous ?

Je hoche la tête.

– Ça, c'était mon premier conseil. Je lui ai recommandé de choisir des roses jaunes pour ta mère parce que c'est la meilleure façon d'entamer une…

– Ce n'étaient pas des roses jaunes.

– Non ?

– Non, c'étaient des tulipes.

– Jaunes.

– Violettes.

– Mmm… et les chocolats ? Étaient-ils fourrés au caramel ?

– Non, à la menthe. Délicieux.

– Délicieux, rien que ça. Bravo, il a suivi les conseils de sa mère.

Je ris. Ma patronne agite les bras dans le vide.

– Allez, assez flâné, Maggie.

Alors que nous débarrassons la table, Mme Reynolds

est prise de vertige. Elle doit se retenir au plan de travail.

– Est-ce que ça va ? dis-je en lui prenant une assiette des mains avant de la guider vers le canapé.

– Ces nouveaux médicaments ne sont bons qu'à dévaster mes vieux os. Rien d'inquiétant.

Malgré ses paroles, je me fais du souci pour elle. Avant de quitter la maison, j'appelle son fils pour lui recommander de vérifier si elle va bien.

Après m'être assurée qu'elle n'avait plus besoin de rien, je me dirige vers l'arrêt de bus. Soudain, un véhicule freine à ma hauteur. Je reconnais les types qui se sont bagarrés avec Caleb.

– Hé, mais on dirait que c'est la petite copine attardée de Caleb Becker ! vocifère l'un d'eux par la fenêtre ouverte.

Je continue à marcher en me mordant l'intérieur de la lèvre.

– Je crois que tu lui plais, Vic, lance un autre pour amuser ses copains. Pourquoi tu ne lui donnerais pas un peu de bon temps ?

La voiture me suit. Je prie pour que personne n'en descende. Si je cessais de marcher, s'en prendraient-ils à moi ?

Ma peur est si intense que je tremble comme une feuille.

Trop tard pour retourner chez Mme Reynolds.

Un plan se forme dans ma tête. Je fais demi-tour, mais, dans le mouvement, je perds l'équilibre et chute.

Les mains me brûlent, et un liquide visqueux coule à mon genou d'une ancienne blessure.

– Ça te plaît, cette balade ? hurle un des gars par la fenêtre.

Je me relève et accélère le pas, tant bien que mal. Je n'ose pas me retourner.

Quand j'aperçois le bus, soulagée, je me précipite pour faire signe au chauffeur avant d'aventurer un regard dans mon dos. Sont-ils toujours là ?

– Tout va bien ? demande l'homme au volant.

– Ça va, merci, dis-je en rejoignant le siège arrière.

Rien ne pourra me soigner, ni les séances de rééducation, ni les opérations chirurgicales. L'ancienne Maggie, la championne de tennis, qui pouvait fuir le danger en prenant ses jambes à son cou, n'existe plus.

Caleb est dans son jardin. Il tond la pelouse quand je surgis en boitant dans notre rue. Coupant le moteur de la tondeuse, il accourt dès qu'il m'aperçoit.

– Que t'est-il arrivé ? Raconte-moi ce qui s'est passé.

– Je vais bien, dis-je en retenant mes larmes.

Après avoir vérifié que personne ne nous observe, il saisit mon visage entre ses mains avec douceur.

– Tu ne vas pas bien du tout. Parle, à la fin !

Je lui lance un regard désespéré.

– Ce mec, Vic...

– S'il t'a touchée, je le tue, grogne-t-il en remarquant mon pantalon déchiré et taché de sang.

– Il ne m'a pas touchée. Ils se sont juste amusés à me faire peur. C'est tout.

– Je vais tout faire pour que ça n'arrive plus jamais, Maggie.

Reconnaissante, je lui souris avant d'ajouter :

– Tu ne seras pas toujours là pour me protéger. Que feras-tu quand je serai en Espagne ? Tu prendras l'avion pour tabasser tous ceux qui se paieront ma tête ?

35

CALEB

Quand j'ai décidé que Vic allait payer, je n'avais pas d'idée précise en tête. Comment m'y prendre sans me mettre hors la loi ? J'ai trouvé la réponse en déjeunant avec les copains. Hier, ils m'ont appris que Vic allait représenter son école lors d'un tournoi de lutte organisé dans nos locaux.

Me voilà donc lutteur officiel des Paradise Panthers. Il me suffira de vaincre quatre combattants pour me retrouver face à Medonia.

Dans les vestiaires, je me prépare au match avec le reste de l'équipe.

– On dirait que tu t'apprêtes à tuer quelqu'un, Caleb, s'inquiète Brian en me voyant sauter à la corde pour m'échauffer.

– Il est dans la lune ! Pas vrai, mec ? avance Drew.

Pas la peine de répondre. Wenner, l'entraîneur, m'arrête en me tapotant dans le dos.

– Tu n'as pas suivi l'entraînement, Becker. Tu es sûr d'être prêt ?

Je mets mon protège-dents en place.

– Ouais, Wenner.

Je gagne mes deux premiers matchs avec un décompte dès la première minute. Pour le troisième match, il me faut un peu plus de temps.

– CB a le feu aux fesses ! s'exclame Tristan en enfonçant un bout de coton dans sa narine en sang.

Quand j'entends mon nom et celui de Medonia, je me présente sur le tapis, imperturbable. Tout ce que je veux, c'est effacer cet air narquois de sa sale tête.

– Comment va ta petite copine ?

– Mieux que la tienne, et de loin.

– C'est une infirme, Becker.

– Après ce match, ça sera toi l'infirme.

L'arbitre place les mains entre nous.

– Pas de coups bas, les gars.

Dès le coup d'envoi, je le pousse de toutes mes forces jusqu'à ce qu'il tombe. Par malchance, il roule en dehors du tapis et l'arbitre siffle.

– Avertissement pour Panther. Un point pour Fremont.

Le combat reprend, mais Medonia commence lentement. Je m'écarte immédiatement du tapis et il s'écrase à côté de moi.

L'arbitre siffle.

Quand le combat reprend, j'écope d'un autre avertissement pour avoir porté un coup de coude au visage de Medonia.

Encore un avertissement, et je suis disqualifié.

Le sifflet retentit, et l'arbitre annonce :

– Arrêt de Fremont pour cause de saignement. Pause de deux minutes.

L'entraîneur surgit à côté de moi, visiblement énervé.

– Mais qu'est-ce que tu fiches ? Becker, dans mon équipe on ne fait pas de sales coups. Maintenant tu as deux solutions. Soit tu y retournes en essayant de gagner le match dignement, soit je déclare forfait. Qu'est-ce que tu préfères ?

— [illegible] qu'il se [illegible] aussi [illegible].

36

36

MAGGIE

Mme Reynolds aura ma peau. Sa nouvelle lubie ? Me faire prendre le volant de la Cadillac noire qui dort dans son garage.

– C'est une automobile de collection, affirme-t-elle, le menton relevé, en faisant coulisser la porte.

– Je ne suis pas du tout prête. Mais vous pourriez conduire, vous, et je resterais assise à côté de vous.

Elle ouvre la porte côté passager et s'installe.

– Ma douce enfant, mes yeux voient à peine le bout de mon nez. Allez, monte. Le temps qui passe est du temps perdu.

Par la fenêtre ouverte, elle agite bruyamment les clés.

Le cœur battant, je prends le trousseau. Malgré mes réticences, j'ouvre l'autre portière et m'installe au volant. Waouh ! Le cuir blanc est si doux, et le dossier est aussi haut que celui d'un fauteuil de salon. Derrière le pare-brise, le capot s'étale dans toute sa longueur jusqu'à un symbole Cadillac rutilant.

Mme Reynolds tient fermement son petit sac à main

sur ses genoux, prête à partir. J'aimerais tant qu'elle soit fière de moi ! Quelle joie ce serait, sauf que… je ne suis pas prête. Vraiment.

– Je ne peux pas, dis-je en espérant qu'elle comprenne.

Elle s'en moque. Son air sévère suffit à me le confirmer.

– Mets la clé dans le démarreur, Margaret, m'ordonne-t-elle.

J'obéis.

– À présent, tourne-la et démarre.

Je tourne la clé.

– De quoi as-tu peur ?

– De renverser quelqu'un. D'avoir un accident, dis-je la gorge serrée.

– Cela doit changer. Tu ne dois plus craindre de tenter de nouvelles choses.

– Je n'ai pas conduit depuis l'accident.

– Dans ce cas, il est grand temps que tu t'y remettes.

Je secoue la tête, prête à céder.

– Recule lentement et fais attention à la clôture.

Mme Reynolds attache sa ceinture et je l'imite. Je serais incapable d'expliquer comment elle s'y prend pour obtenir de moi tout ce qui me rebute. Cette dame a un sacré pouvoir, c'est certain.

J'appuie sur le frein et passe la marche arrière. Tout en relâchant doucement la pédale, je vérifie que le passage est libre.

– Attention à la boîte à lettres.

Nous atteignons le bout de l'allée sans encombre, et je m'apprête à déboucher dans la rue. La panique n'est pas loin, mais je me contrôle. D'un côté, je suis excitée par l'idée de reprendre le volant et de me débarrasser de ma peur ; de l'autre, je brûle d'envie de me garer pour rentrer chez moi en bus. Dans ma tête, la voix de Caleb m'encourage à poursuivre.

– Bravo, Maggie, dit Mme Reynolds en me tapotant le genou.

Rassurée, j'enclenche la première et m'enfonce lentement dans la rue.

Mes pieds ne sont pas habitués à ces pédales. Je freine et j'accélère trop brusquement.

– Désolée, m'excusai-je, tandis qu'en atteignant un stop la tête de Mme Reynolds est rejetée en arrière.

Elle toussote.

– Ce n'est rien. Allons-y plus doucement sur l'accélérateur et sur le frein, veux-tu ?

– Euh, pas de problème.

Quand vient mon tour de traverser le carrefour, je relâche le frein en appuyant prudemment sur la pédale voisine. Je pompe un peu pour éviter de propulser Mme Reynolds contre le dossier.

Oups, c'est raté.

– Vous devez mieux conduire que moi, même avec vos problèmes de vue, dis-je avec sincérité.

– Je suis bien obligée de te donner raison. La prochaine fois, rappelle-moi de prendre de la Dramamine avant de partir.

– On dirait que vous ne vous sentez pas bien, dis-je après l'avoir observée.

– C'est la route qu'il faut regarder, pas moi. Ma

petite mine n'a rien à voir avec ta façon de conduire, répond-elle sèchement.

Elle me guide jusqu'à une boutique de vêtements, où nous nous arrêtons.

Si, en partant, j'étais survoltée, je me sens d'humeur à flâner devant les jolies tenues exposées en vitrine. À l'intérieur, des robes de toutes les couleurs et de tous les styles remplissent les rayons. Mme Reynolds s'empare d'un modèle court, en soie bleu clair.

– Sais-tu reconnaître un tissu de qualité ?

Je passe la main sur la robe.

– Je n'en suis pas certaine.

– Chaque tissu a sa propre personnalité. Pour certains, c'est la douceur et le poids qui comptent. Pour d'autres, c'est le mouvement du tissu… Et il ne faut jamais négliger l'éclat de la couleur.

– Comment savez-vous autant de choses ?

– Mon enfant, quand tu seras aussi vieille que moi, tu en sauras plus que nécessaire.

Une vendeuse en pantalon prune vient vers nous. Ses cheveux blonds sont soigneusement coiffés et bouclés aux pointes.

– Puis-je vous aider, mesdames ?

– Nous sommes à la recherche d'une robe pour cette demoiselle, explique Mme Reynolds avant de se tourner vers moi.

– Pour moi ? dis-je en suivant la dame dans le magasin.

– Tu as besoin d'une petite chose pour égayer ta garde-robe, Margaret. Pour être tout à fait honnête avec toi, tes vêtements me semblent un peu trop décontractés.

Je baisse les yeux vers mon pantalon noir et mon tee-shirt gris.

– Ils sont confortables.

– Et parfaits pour une journée de repos à la maison. Mais ce soir, nous avons un dîner et je veux que tu t'habilles pour l'occasion. Considère qu'il s'agit d'un cadeau de Noël en avance.

La vendeuse nous conduit au rayon des robes de soirée courtes.

– Elles viennent d'arriver d'Europe. C'est un nouveau mélange de soie et de fibres lavables.

Mme Reynolds inspecte une robe satinée bleu canard.

– Trop rigide. Elle est habituée au coton. Il lui faut un tissu plus souple.

– Je ne porte pas de robes courtes, dis-je.

Elles se dirigent vers l'autre bout du magasin.

– Que diriez-vous d'un mélange de coton et de laine ?

– Trop chaud, répond Mme Reynolds.

– De la rayonne ?

– Trop moulant.

Loin d'être agacée, la vendeuse réfléchit en se tenant le menton.

– J'ai quelque chose en réserve qui devrait vous plaire. Je reviens.

Elle disparaît dans le fond du magasin et ressurgit

une minute plus tard avec une robe jaune qu'elle tend à la Mme Reynolds.

– Elle vient de Suède.

Mme Reynolds observe la robe et palpe le tissu.

– J'adore cette matière, mais la couleur est hideuse. Elle ressemblerait à un citron là-dedans.

– Je l'ai également en bordeaux. Ne bougez pas.

– C'est une belle couleur, dis-je en voyant le vêtement qu'elle ramène. Je vais l'essayer.

La robe a des bretelles fines et un décolleté arrondi. Des plis partent de la taille ceinturée pour retomber au-dessus de la cheville. Quand je déambule devant le miroir, on voit à peine que je boite.

– Je pense que nous avons trouvé la perle rare, commente la vendeuse en souriant.

Mme Reynolds fait claquer ses lèvres.

– C'est parfait. Nous la prenons.

– Votre grand-mère est très généreuse, me félicite l'employée.

Je lève les yeux vers la vieille dame, qui est déjà partie regarder une autre robe, dans le fond du magasin.

– C'est vrai. Je n'aurais pas mieux choisi.

Quand je m'apprête à me rhabiller, ma patronne m'arrête.

– Garde-la sur toi, Margaret. Nous irons directement au restaurant, et tu n'auras pas le temps de te changer.

– Et vous, quelle robe allez-vous essayer ?

– Les vieilles dames n'ont pas besoin de nouvelles robes. Arrête de papoter et filons d'ici.

Je pose les mains sur mes hanches cintrées.

– Je ne m'en irai pas d'ici avant que vous n'ayez choisi une nouvelle robe pour vous.

Choquée, elle ouvre la bouche.

– Ne prenez pas cet air ahuri, grand-mère chérie. Ça ne met pas votre visage en valeur, dis-je en reprenant sa phrase préférée.

Rejetant la tête en arrière, elle rit à gorge déployée.

Une demi-heure plus tard, nous remontons dans la Cadillac. Je dois préciser que Mme Reynolds porte une nouvelle robe en soie et rayonne bleu ciel, avec une veste assortie.

– Je veux que vous déduisiez le prix de ma paie, dis-je. J'insiste.

Elle sourit sans rien dire.

– Je suis sérieuse, madame Reynolds.

– Je sais que tu parles sérieusement, ma petite fille, et je t'en félicite. Mais je tiens à la payer de ma poche.

Je secoue la tête, résignée.

– Où allons-nous ?

– Nous empiffrer de gâteaux.

– Hein ?

– Prends la direction de chez Tante Mae et tu verras.

En approchant du restaurant, elle baisse la tête.

– Gare-toi derrière, près des poubelles. Personne ne doit te voir, m'informe-t-elle à voix basse.

Elle parle avec le plus grand sérieux. Me baissant à mon tour, je roule jusqu'à la courette, comme si nous préparions un cambriolage, et m'arrête à côté des conteneurs à ordures.

– Pourquoi nous cachons-nous ? demandé-je.

Après tout, cet endroit appartient à son fils.

– Ne coupe pas le moteur. Va frapper trois coups à la porte de derrière, attends deux secondes, et tapes trois autres coups. Quand quelqu'un répondra, tu diras : la poule rousse s'est fait la malle.

– Je ne comprends rien.

– Suis mes instructions, et tu comprendras tout. Allez, vas-y !

Plus comique, je meurs. Je vais faire pipi dans ma belle robe, et ça ne s'arrange pas quand j'atteins la porte. *Toc, toc, toc.* Une pause. *Toc, toc, toc.*

Juan, l'un des plongeurs, entrouvre la porte. Je déclare, sans pouvoir m'empêcher de rire :

– L'oiseau rouge s'est fait la malle.

– Ce ne serait pas plutôt la poule rousse ?

– Ah, oui ! Pardon, désolée. La poule rousse s'est fait la malle.

Amusé, Juan me demande de patienter avant de refermer la porte. Mais bientôt elle se rouvre sur Irina qui me tend deux boîtes.

– Qu'y a-t-il à l'intérieur ?

– Ne pose pas de questions, Maggie. C'est une surprise pour toi et Mme Reynolds.

Je retourne à la voiture avec mes boîtes mystérieuses et reprends ma place derrière le volant.

– J'ai la marchandise.

– Formidable ! Maintenant, on peut rentrer à la maison.

Pendant tout le trajet, Mme Reynolds affiche un sourire satisfait. En garant la voiture, je crois comprendre ce qui se prépare…

Le belvédère est terminé, et Caleb l'a décoré de multiples guirlandes. À l'intérieur, des bougies blanches éclairent l'espace. Caleb se tient à l'entrée, en pantalon cargo, chemise blanche et cravate.

Devant son clin d'œil et son sourire, une autre partie de mes remparts s'effondre.

37

CALEB

J'ouvre la portière de la Cadillac et tends la main à Mme Reynolds pour l'aider à descendre.

– Vous êtes très séduisante.

Elle me caresse la joue avant de répondre :

– Ah, si j'avais ne serait-ce que soixante ans de moins, fiston !

– Avez-vous fait ce que je vous avais demandé ? lui dis-je à l'oreille.

Elle glousse.

– J'ai même demandé à Margaret de répéter cette phrase idiote…

Ce soir, la dame et moi sommes associés. J'ai terminé le belvédère. Fin de ma mission. Je lui ai demandé de tenir Maggie éloignée jusqu'à six heures du soir. Il m'a fallu une semaine entière pour préparer l'événement. La soirée idéale.

Je reste sans voix en découvrant Maggie.

– Ne prends pas cet air ahuri, Caleb. Ça ne met pas ton visage en valeur, dit Mme Reynolds.

Maggie vient vers moi. Sa robe souligne les formes dont, depuis quelque temps, je me suis mis à rêver.

– Le belvédère est magnifique, commente-t-elle.

Je ne tourne pas la tête. Je suis incapable de détourner mon regard d'elle. Ces deux femmes improbables sont décidément mes bons samaritains.

Maggie rejoint Mme Reynolds, les joues en feu.

J'ai installé une table dans le belvédère. Je vais leur y servir un repas complet, grâce aux économies que j'ai réunies en tondant la pelouse, et avec l'aide du cuisinier du Little Italy. J'ai même ajouté un radiateur d'appoint et une radio qui diffuse une musique douce.

Après avoir offert une chaise à Maggie, je tends la main à Mme Reynolds.

– Voudriez-vous m'offrir cette danse, madame ?

Malgré son rire, je l'attire entre mes bras pour la faire valser.

– Caleb, je t'en prie ! hurle-t-elle. Je suis une vieille dame. Où est ma canne ?

– Je croyais que les vieilles dames appréciaient les jeunes garçons, dis-je pour la taquiner, sans cesser de danser.

À la fin du morceau, je la raccompagne à sa chaise.

– Méfie-toi, Maggie. Ce garçon est dangereux.

Je m'assois en grimaçant.

– Qu'est-ce qui ne va pas ? me demande-t-elle.

– Rien du tout, dis-je en remplissant les assiettes de minestrone.

Manifestement, aucune ne me croit.

– Bon, d'accord. J'ai combattu dans un tournoi de lutte, aujourd'hui. Rien d'important.

– Tu es dans l'équipe du lycée ?

– C'était juste pour cette fois. Je crois.

Mme Reynolds termine sa soupe et agite sa cuillère dans ma direction.

– Tu es sûr que tu n'as pas une côte cassée ?

– Ce n'est qu'un bleu, dis-je pour la rassurer. Juste avant de bloquer mon adversaire, dans le second round, il m'a plaqué au sol et s'est pris cinq secondes de pénalité.

J'ai gagné le match, mais l'entraîneur m'a remonté les bretelles à cause des coups bas du premier round.

– J'ai hâte de voir les jonquilles éclore, déclare Maggie, les yeux brillants sous l'effet des bougies.

J'ai les mains moites... Pourquoi suis-je aussi nerveux ?

– Il faudra faire une photo et me l'envoyer quand je serai en Espagne.

J'ai toujours du mal à admettre qu'elle puisse partir. Juste au moment où je tombe amoureux d'elle...

– En parlant d'Espagne..., lui dit Mme Reynolds en lui tendant une enveloppe. Profite bien de ton séjour, mais n'oublie jamais ta ville d'origine.

Maggie lève son verre et nous trinquons.

– Comment oublier Paradise ?

À la fin du repas, j'ouvre les boîtes offertes par Irina, le chef de Tante Mae. En découvrant les desserts, mes deux invitées affichent le même air ravi. On jurerait qu'elles sont de la même famille.

Fourchettes en main, nous attaquons les délices sucrés.

– C'était le jour le plus merveilleux de ma vie depuis le décès d'Albert, paix à son âme. Merci à tous les deux. Maintenant, ma vieille carcasse a besoin d'aller se reposer.

– Est-ce que tout va bien ? demande Maggie d'une voix teintée d'inquiétude.

Nous nous levons en même temps pour l'aider.

– Vous deux, restez assis et amusez-vous. J'ai seulement besoin d'un peu de repos.

Ignorant les récriminations de la vieille dame, Maggie l'accompagne à l'étage pendant que je débarrasse la table.

– Comment va-t-elle ? demandé-je à Maggie dès qu'elle me rejoint.

– Je crois que ça va. Elle a vu le médecin, hier. Il veut lui faire passer des examens, mais elle est trop têtue pour y aller.

Maggie... Quiconque s'approche d'elle est immédiatement contaminé par son humilité et son honnêteté.

– Tu danses ?

– Tu sais bien que je ne peux pas...

Saisissant sa main, je l'entraîne vers le fond du belvédère.

– Danse avec moi, Maggie, dis-je en la plaquant contre moi.

Nous évoluons en rythme, et elle se détend progressivement dans mes bras.

– Je n'aurais jamais cru que l'on puisse un jour

partager un tel moment, confie-t-elle, la tête contre mon torse.

Quand sa jambe lui fait mal, je fais de la place pour que nous puissions nous allonger. L'un contre l'autre.

– Qu'est-ce qui t'a plu chez Kendra ?

Moi aussi, je me le demande.

– Elle était toujours sur le devant de la scène, et je la trouvais mignonne. Elle m'attirait comme une fille qui donne envie à tous les garçons. Elle me regardait comme le seul mec capable de la rendre heureuse.

Elle se redresse.

– Tu te mets à parler comme un con.

– J'en étais un, sans doute.

Elle se rallonge contre moi, reposant sa tête sur mon bras.

Les bougies brûlent et s'éteignent l'une après l'autre. Quand il n'en reste plus qu'une, j'embrasse ses lèvres tout en suivant les courbes de son corps de mes mains. Elle s'abandonne, haletante.

– Laisse-moi voir tes cicatrices, dis-je en reprenant mon souffle.

Saisissant l'ourlet de sa robe, je le remonte doucement.

Elle immobilise ma main, et lisse le tissu de façon à recouvrir sa cheville.

– Non, s'il te plaît…

– Fais-moi confiance. C'est important pour moi.

– Je… ne peux pas, murmure-t-elle. Pas mes cicatrices.

Ses mots ont la violence d'une porte de cellule qui

claque. Ils me font comprendre que, même si elle croit m'avoir pardonné, et même si elle m'embrasse comme son héros, elle n'a pas réussi à surmonter sa colère. Et que jamais, elle ne me fera entièrement confiance.

Submergé par la déception, je me rallonge, un bras sur les yeux.

– Ça ne peut pas marcher entre nous si tu ne me fais pas confiance.

Elle se redresse.

– Je fais ce que je peux, dit-elle avec regret.

J'ai envie de lui dire que je ne suis pas responsable de ses blessures, mais c'est impossible. Et si Leah avait raison ? Je ne peux laisser ma sœur aller en prison alors que j'ai déjà payé pour son erreur. Je suis voué à vivre en assumant les conséquences de cette faute jusqu'à la fin de mes jours.

La nuit de l'accident, je devais reconduire Leah à la maison. Mais j'étais trop ivre et trop bouleversé par les accusations de Maggie. Rester avec Kendra et m'assurer qu'elle ne rentrerait pas avec un autre garçon a pris le dessus sur tout le reste. Fichu amour-propre. J'ignorais que Leah avait pris mes clés de la voiture jusqu'à ce qu'elle ressurgisse, paniquée, et me raconte l'accident.

On connaît la suite.

38

MAGGIE

J'avais enfin ce que je voulais, et j'ai tout foutu en l'air. Caleb m'aime, alors pourquoi ne pas lui montrer mes cicatrices pour lui prouver ma confiance et mon amour ?

Mais je n'ai pas pu. Quelque chose m'a empêchée de me défaire totalement de ma carapace protectrice.

Aujourd'hui, j'ai prétexté une maladie pour rester au lit toute la journée. La robe que m'a offerte Mme Reynolds est pendue dans mon placard. Comme un cruel rappel du soir le plus romantique de ma vie.

J'ai gagné Caleb pour le perdre aussitôt.

Quand il m'a raccompagnée chez moi, il a affirmé que nous avions toujours été amis, et que nous le resterions.

C'est l'essentiel, non ?

Mais pourquoi ai-je passé la matinée à pleurer ?

Je vais appeler Mme Reynolds pour prendre de ses nouvelles. J'étais inquiète pour elle, hier soir.

C'est son fils qui répond.

– Allô ? dit-il d'une voix tremblante.

– Bonjour, c'est Maggie… Margaret. Est-ce que je peux parler à Mme Reynolds ?

Silence. Ma gorge se serre.

– Ma mère est décédée ce matin, Maggie.

– Oh ! non, dis-je dans un murmure.

Tout s'écroule autour de moi. Nous étions ensemble, hier soir. Elle a dansé, et ri et… C'est impossible…

– Elle était heureuse de t'avoir dans sa vie. Elle t'aimait comme sa petite-fille. Plus encore, elle t'aimait comme une amie.

– Où est-elle ? Était-elle seule quand elle est morte ?

M. Reynolds renifle.

– Ils viennent de l'emmener en ambulance. Elle est morte dans son sommeil. Elle n'a pas souffert. Elle avait des problèmes de cœur depuis des années, Maggie. Ce n'était qu'une question de temps.

Les larmes inondent mes joues, alors que je suis assaillie par les souvenirs d'elle. Elle m'a appris tant de choses.

– Les jonquilles…, dis-je en retenant mes sanglots. Elle ne les verra pas éclore.

– Maman aimait tant ses jonquilles.

Que puis-je ajouter ? Mme Reynolds avait beau être sur terre depuis de nombreuses décennies, elle débordait de projets. Nous inviter à dîner, ma mère et moi, regarder les jonquilles fleurir au printemps, manger les pâtisseries d'Irina.

– Elle va terriblement me manquer.

– À tous. Elle ne voulait pas d'enterrement. Elle

disait que ce n'était qu'une excuse pour permettre aux dépressifs de parler pour ne rien dire.

Je souris avec mélancolie.

– C'est bien elle, ça.

Hier encore, elle me faisait des reproches similaires. Ce qui me fait penser…

– Sa robe. Elle a acheté une robe.

– La bleue qui est posée sur le fauteuil de sa chambre ?

– Oui. Si elle doit être enterrée…

Je m'interromps, incapable de terminer ma phrase.

– Je veillerai à ce qu'elle la porte.

Dans la soirée, maman me conduit chez Mme Reynolds pour une dernière visite. Elle me donne la main, même lorsque Lou nous accueille.

– Prends tout ce qui te fait plaisir, Maggie.

Dans la buanderie, je trouve son tablier, propre et bien plié. Je le serre contre ma poitrine. C'était sa façon de me protéger, d'éviter que je ne me salisse.

– Est-ce que je peux prendre ça ?

Surpris, M. Reynolds ajoute :

– Je parle sérieusement : tu peux prendre tout ce que tu veux.

Encore deux petites choses… Je fouille dans les placards de la cuisine, sans succès. Ma mère hausse les épaules à l'intention de M. Reynolds, qui semble aussi stupéfait qu'elle.

– C'est quelque part par là…

Dans un tiroir, je trouve ce que je cherche : un vieux bout de papier taché et déchiré. Sa recette de cookies.

– Autre chose ?

– Une dernière.

Maman et M. Reynolds me suivent jusqu'au grenier. Fonçant vers le coffre, je soulève son couvercle.

– La voici, dis-je en tenant l'image encadrée.

– Elle est à toi, confirme son fils.

J'observe la photo de deux jeunes gens follement amoureux, le jour de leur mariage.

Qu'ils reposent en paix.

39

CALEB

Hier, Maggie n'est pas venue en cours, et je ne l'ai pas vue de la matinée. Aujourd'hui, je suis passé deux fois devant son casier, mais elle est aussi invisible qu'un fantôme.

C'est le troisième cours de la journée, et j'ai du mal à me concentrer. Je demande à aller aux toilettes et je quitte la classe. Mais je ne vais pas aux toilettes. Je me dirige vers le hall, où se trouvent les casiers. On dirait que je la harcèle.

– Tu cherches quelqu'un, Caleb ? Maggie Armstrong, peut-être ?

C'est Kendra.

– Arrête ton petit jeu, tu veux ?

– Franchement, je ne vois pas ce que tu lui trouves, dit-elle avec un sourire espiègle.

– Rien. Je ne lui trouve rien de spécial. Elle n'est qu'une distraction qui m'évite de penser que je ne peux pas t'avoir, toi.

Si cette foutaise me vient avec une telle facilité, c'est pour protéger Maggie et Leah.

Quelqu'un est derrière moi. Entendant du bruit, je me retourne. C'est Maggie. Elle a tout entendu. Kendra se rapproche furtivement d'elle.

– Lui as-tu dit la vérité au sujet de l'accident ? me demande-t-elle.

– Kendra, ne fais pas ça, dis-je d'une voix menaçante. Ou j'informerai Brian de tout ce qui s'est passé entre toi et moi. Ton père est en course pour les élections qui auront lieu la semaine prochaine, me semble-t-il ?

Si Kendra avait eu des griffes, elle m'aurait lacéré. Maggie s'avance vers moi en chancelant.

– Que s'est-il passé entre vous, Caleb ?

Kendra pose les mains sur les hanches, prête à se lancer dans la bataille.

– Ouais, Caleb. Dis-lui combien de fois nous nous sommes retrouvés depuis ton retour.

Que puis-je dire ? J'ai envie de raconter la vérité à Maggie. Je vais lui dire la vérité. Sur tout. Mais pas ici, pas devant Kendra. Elle n'a rien à voir avec l'histoire qui m'unit à Maggie.

– Réponds, ordonne Maggie, les yeux enflammés.

Comme je garde le silence, elle me gifle et s'éloigne en boitant.

Je déteste les rassemblements qui précèdent les matchs, mais je ne peux pas y échapper. Précisément aujourd'hui. Malgré ma volonté, j'ai rejoint le groupe des sportifs tandis que les pom-pom girls motivent les autres lycéens.

Meyer prend place sur l'estrade tel un président des États-Unis.

– Installez-vous. Le moment est venu d'acclamer les étudiants qui vont représenter les Paradise Panthers pendant les tournois.

L'enthousiasme fait vibrer le gymnase.

– Asseyez-vous. Calmez-vous. Cet après-midi, nous allons honorer les sportifs. Les entraîneurs vont monter tour à tour sur le podium pour dévoiler les noms des membres de leurs équipes. Commençons par la plus grande équipe… celle des footballeurs américains !

À cette annonce, les filles envahissent le gymnase. Elles dansent, bondissent et font la roue dans toute la salle.

– Levez la main quand vous entendez votre nom, demande l'entraîneur de football. Adam Albers, Nate Atkins, Max Ballinski, Ty Edmonds…

La liste se poursuit pendant une éternité.

Je me tiens à côté de Brian.

– Quelle torture !

– Pas qu'un peu, répond-il.

Quand vient le tour de Wenner, les gars de l'équipe de lutte restent debout et crient à tue-tête.

– Wen-ner ! Wen-ner ! Wen-ner !

À mon avis, celui-ci est déjà en train de calculer le nombre de pompes qu'il leur fera faire pour payer leur vacarme.

– Allez, on arrête de rigoler. Andy Abrams, Caleb Becker, Adrian Cho, David Grant… reprend Wenner.

Bien que le lycée ne soit pas énorme, il faut un certain temps pour citer tout le monde.

Finalement, au bout d'une heure dans ce gymnase surchauffé, on nous renvoie en cours et nous devons jouer des coudes pour quitter le gradin. N'ayant pas envie de forcer, je m'attarde un peu.

Ma sœur, restée assise à sa place, a les yeux rivés sur les marches. Plus bas, coincée dans la foule compacte, Maggie tente de rejoindre la sortie. Elle a l'air fragile, comme un oiseau perdu dans un troupeau d'éléphants.

Tout le monde se pousse et se marche sur les pieds. Soudain, une bagarre éclate entre deux élèves de seconde. Là où se trouve Maggie.

– Maggie, attention !

Je hurle, mais elle ne peut m'entendre. Elle n'a pas remarqué le tumulte derrière elle. Je suis trop loin, il y a trop de bruit. L'un des garçons lui tombe dessus ; elle dévale deux marches avant de retomber sur son genou.

Je me précipite en écartant ceux qui se trouvent sur mon chemin.

– Ça va, Maggie ? dis-je en m'agenouillant devant elle.

Elle cligne des yeux et s'assied, livide.

– Ma-gie, Ma-gie, Ma-gie ! entonnent les élèves autour de nous.

Je leur crie :

– Fermez-la !

Je prends Maggie par le coude. Elle tente de se dégager mais je resserre mon emprise.

– Est-ce que ça va ? je lui demande quand elle se relève.

La plupart des élèves ont cessé de chanter son prénom, hormis quelques idiots qui n'ont rien de mieux à faire. Drew me tire en arrière.

– Laisse tomber, Caleb. Cette garce t'a envoyé en prison.

Serrant le poing, je le frappe au visage. Il me fonce dessus, et nous nous sautons à la gorge. Les coups de poing pleuvent, jusqu'à ce que Wenner et un collègue nous séparent.

– Où est Maggie ? dis-je.

Wenner me dévisage comme si j'avais perdu la raison.

– À l'infirmerie.

– Il faut que je la voie.

– Tu vas surtout aller voir le proviseur, Becker. Qu'est-ce qui t'a pris ?

Il me conduit au bureau de Meyer en me tenant les mains derrière le dos.

– Attends là qu'il arrive, m'ordonne-t-il.

Dès qu'il me quitte, je retourne dans le couloir pour ouvrir la porte de l'infirmerie. Maggie a relevé son pantalon au-dessus du genou. Mon regard tombe immédiatement sur ses cicatrices. Les marques laissées par les points de suture sont rose vif. On dirait que sa jambe a été attaquée par un animal féroce. Autour du genou, là où se rejoignent les plus grosses traces, je distingue ce qui doit être une greffe de peau.

La couleur est plus foncée, différente du reste de son épiderme si doux, blanc comme l'ivoire.

Détachant difficilement mon regard de sa jambe, je lève les yeux vers elle.

– Je suis vraiment désolé, Maggie.

Elle a l'air sévère, fermé.

– Va-t'en, Caleb. À moins que tu ne veuilles prendre des photos pour les montrer à Kendra ?

40

MAGGIE

Caleb ne sait même pas que Mme Reynolds est morte. Quand je l'ai vu dans le hall, ce matin, j'ai voulu lui apprendre la nouvelle, mais il était avec Kendra. Avant qu'on sorte ensemble, je pouvais encore comprendre. Ces derniers temps, je pensais lui plaire suffisamment pour qu'il n'ait pas besoin d'une autre copine. Je croyais que notre relation était sincère.

Je ne devrais pas penser à Kendra Greene, à ses splendides cheveux blonds, à ses seins haut perchés et à sa démarche impeccable. Mais c'est plus fort que moi.

Depuis que Caleb s'est figé devant mes cicatrices, je meurs d'envie de m'enfuir.

– Puis-je retourner en cours ?

L'infirmière tâte ma jambe.

– Est-ce que tu as mal ?

Au cœur ?

– Non, ça va. Vraiment.

– Il y a un peu de sang, là. Je crains qu'il n'y ait une blessure interne.

– Ce n'est qu'une égratignure, dis-je alors qu'elle verse un produit antiseptique sur une boule de coton pour nettoyer le sang. Ça a fait toute une histoire, mais ce n'est rien.

Je sais pourquoi Caleb s'est précipité sur moi pour m'aider. Depuis que j'ai découvert son histoire avec Kendra, il culpabilise. Drew n'a dit que la vérité en criant que j'étais responsable de son séjour en prison. Caleb et moi n'aurions jamais dû nous adresser la parole. Nous aurions dû continuer à nous ignorer, même chez Mme Reynolds.

Si nous avions évité de nous parler, je ne me sentirais pas aussi proche de lui aujourd'hui.

Si nous nous étions ignorés, je ne l'aurais pas embrassé et je n'aurais pas envie de recommencer. Je ne l'aurais pas laissé me manipuler.

Sandusky, l'infirmière, semble satisfaite. Je descends de la table d'examen et je déroule la jambe de mon pantalon. Je ne passerai pas la journée à bouder. Je vais me tenir bien droite, devant Caleb, devant Drew, devant Kendra… Et devant tous ceux qui chercheront à se mettre sur mon chemin.

Quand je suis entièrement rhabillée, je peux me détendre. Mes cicatrices sont cachées. Alors comment se fait-il que je me sente aussi vulnérable que si j'étais nue ? C'est à cause de Caleb. Il a vu les marques des blessures qu'il m'a faites. Les cicatrices éternelles qui me feront penser à lui et à l'accident tous les jours, jusqu'à ma mort.

Je suis obligée de passer devant le bureau de Meyer

pour sortir. Caleb est assis devant la secrétaire, la tête entre les mains.

Comme s'il sentait mon regard, il lève la tête et plonge ses yeux dans les miens. Il semble en quête de chaleur, ou de complicité. Me prend-il pour une imbécile qui aime être humiliée ? J'attends mon autorisation de sortie en l'ignorant et pars sans me retourner.

Comme si la journée n'était pas suffisamment mauvaise, Kendra et Hannah arrivent vers moi. Elles ne m'ont pas encore remarquée, et j'en profite pour disparaître dans les toilettes des filles... J'ai eu ma dose pour aujourd'hui.

Dans le miroir, j'aperçois alors mes yeux noisette ternes, mes cheveux qui hésitent entre le foncé et le clair, et mon nez trop gros pour mon visage. Comment ai-je pu imaginer un seul instant rivaliser avec Kendra Greene ?

Quand la porte des toilettes s'ouvre en grinçant, je fonce me cacher dans l'une des cabines.

– J'ai du mal à les imaginer en train de s'embrasser, ces deux-là. Pas toi ? retentit la voix de Kendra.

– Arrête, tu vas me faire vomir. Caleb, c'est le *bad boy* d'Hollywood, et elle c'est plutôt la ringarde du coin. Elle doit embrasser en pinçant les lèvres, les bras ballants.

– Si tu avais vu la tête qu'elle a faite ce matin... J'ai cru qu'elle allait se mettre à chialer au beau milieu du couloir.

Elles éclatent de rire.

J'ai envie de mourir.

Adieu la décision de garder la tête haute. Au fond de moi, je le sais, je suis ringarde et lâche. D'ailleurs, je les épie par le trou de la serrure…

Hannah s'applique du rouge à lèvres tandis que Kendra joue avec son épaisse chevelure blonde.

– Il t'aimera toujours, affirme Hannah.

S'arrêtant de jouer avec ses cheveux, Kendra s'appuie contre un lavabo.

– Caleb prétend que Maggie l'intéresse.

– C'est incroyable. À mon avis, elle profite qu'il l'ait renversée pour le faire culpabiliser.

Kendra hésite.

– Quoi ? demande son amie.

– Tu as vérifié sous les portes ?

Oups. Je suis foutue. Tenir en équilibre sur la cuvette, avec une jambe bonne à rien, n'est pas la meilleure des solutions.

La porte d'une des cabines s'ouvre. Oh, non. J'aimerais savoir si quelqu'un en est sorti, mais je crains de trahir ma présence en bougeant.

– Vous me faites de la peine, les filles. Vous auriez dû contrôler qu'il n'y avait personne avant de déballer vos petites histoires.

C'est Sabrina, ma cousine.

– Tu nous as entendues ? demande Kendra.

– À ton avis ?

– Tu vas garder ça pour toi, pas vrai, Sabrina ?

Les mains sur les hanches, elle répond :

– Je ne sais pas. Et si vous cessiez de répandre des

rumeurs sur ma cousine ? Elle boite, certes, mais elle est plus admirable que vous deux réunies.

Les filles restent un instant sans voix, puis Kendra reprend :

– Détends-toi, Sabrina. Tu oublies que l'an dernier, tu n'étais encore que l'ombre de ta cousine. Ce n'est pas parce que tu es devenue amie avec Brianne et Danielle que tu peux tout te permettre.

Elle a raison. Je n'étais pas tendre avec Sabrina, à l'époque où j'étais la star de l'équipe de tennis. Pourtant, les mots de Kendra ne l'impressionnent pas.

– Autrefois, tu étais un exemple pour moi, Kendra : tu étais jolie, aimée de tous. Tu sortais avec le garçon dont toutes les filles rêvaient. Je voulais qu'on m'aime, je rêvais d'être comme toi. Maintenant, je te trouve pitoyable.

– Je te conseille d'y aller doucement, Sabrina, ou tu risques de dégringoler très vite en bas de l'échelle.

Kendra est furieuse. Si elle avait eu des superpouvoirs, elle aurait fait fondre Sabrina en une seconde. Hannah ne paraît pas moins énervée.

Sabrina prend ma défense au point de subir leurs menaces, et moi, je reste lâchement enfermée, tétanisée par ma propre peur. Je laisse ma cousine me défendre tout en sachant qu'elle risque gros. Mais soudain, l'esprit de Mme Reynolds me donne du courage et je pousse brusquement la porte.

Les trois filles demeurent d'abord interdites.

Kendra rit nerveusement, mais elle se reprend rapidement.

– Les toilettes seraient réservées aux ringardes et personne ne m'aurait prévenue ?

– Tu es comme ta cousine, me lance Hannah, une moins que rien.

Je m'approche de Sabrina en boitant.

– Vous deux, vous avez tout. Et pourtant... vous êtes vides, et vos âmes sonnent creux. Je ne veux jamais vous ressembler, même si cela devait soigner mes jambes.

– Je crois que l'accident t'a endommagé le cerveau, vocifère Kendra comme un dragon cracherait du feu.

L'accident m'a affaiblie, et je le sais. Je ne me défends plus, et je suis obsédée par mes points faibles au lieu de focaliser sur mes points forts. Mais Mme Reynolds a dû déteindre sur moi, au fil des journées que nous avons partagées. Et le temps que j'ai passé avec Caleb, au cours de ces derniers mois, m'a aidé à me sentir séduisante et belle. Au fond de moi, je n'arrive pas à admettre qu'il m'ait menti. Ses doigts tremblaient quand ils suivaient le contour de mes lèvres, ou touchaient mon visage. Même un garçon comme Caleb, qui contrôle aussi facilement ses émotions, n'aurait jamais pu tricher à ce point.

Kendra secoue la tête avec mépris.

– Si Caleb s'intéresse à toi, c'est parce que tu lui fais pitié.

C'est possible, mais ce que nous avons partagé allait bien au-delà du mépris.

– À ta place, j'éviterais de ricaner, dis-je à Kendra. Ça ne met pas ton visage en valeur.

– Caleb ? Non, c'est vrai ? me demande ma cousine.

J'acquiesce.

– Le Caleb Becker ? Le frère de Leah Becker ?

Sabrina ouvre la bouche, les yeux écarquillés.

Parcourue par une onde de choc, je comprends que Caleb avait raison. Depuis le début. Partir en Espagne est une solution de facilité. Pour échapper aux gens, et oublier temporairement l'accident. Mais celui-ci a bien eu lieu. Je ne pourrai jamais l'occulter. Je boite, c'est comme ça et je dois l'accepter.

Tout va bien. Oui. Inspirant à fond, je m'aperçois que...

Mais oui, je me sens plus forte, soudain ; plus vivante qu'avant l'accident !

La porte des toilettes s'ouvre sur Mme Gibbons.

– Ne devriez-vous pas être en classe, mesdemoiselles ? demande-t-elle d'une voix sévère.

Personne ne répond. Kendra me fixe du regard, les yeux d'Hannah passent de l'une à l'autre, Sabrina est toujours sous le choc et moi, je ne laisse rien transparaître.

– Dans ce cas, allons faire un tour dans le bureau de M. Meyer.

– Ça me va, dis-je.

– Moi aussi, ajoute Sabrina en me soutenant.

Je lui dois des excuses pour avoir été aussi peu sympathique avec elle avant l'accident. Parfois, il faut traverser une période de repli sur soi pour devenir une meilleure personne. Ce n'est pas facile à vivre, c'est certain. Mais c'est nécessaire. Et quand on suit la bonne voie, ça finit toujours par payer. Même si cela doit se terminer dans le bureau du proviseur.

Les yeux de Kendra continuent de lancer des flammes.

– Je m'en fiche.

– Ouais, on s'en fiche, répète Hannah en imitant pitoyablement mal sa meilleure amie.

Nous suivons Mme Gibbons dans les bureaux de la direction. En chemin, Sabrina me regarde, les yeux écarquillés.

– Caleb Becker ? répète-t-elle en chuchotant.

Kendra est séduisante et jolie. Il est normal que Caleb soit attiré par elle. Mais ça ne compte pas. Ce qui compte, c'est que je refuse de vivre avec ce sentiment de haine et de trahison. C'est trop éprouvant. Mme Reynolds avait raison.

Je n'éprouve pas de haine envers Kendra.

Je n'éprouve pas de haine envers Leah.

Je n'éprouve pas de haine envers Caleb.

Je me sens plus forte que… jamais ? En tout cas, je me sens bien. Enfin.

41

CALEB

Meyer agite le doigt dans ma direction pour appuyer chacun de ses mots.

– Becker ! Dans mon bureau !

Je le suis et il referme la porte. Il est en pétard. Ça se voit au tressaillement des muscles de sa nuque, à la peau de son cou et de son visage qui vire au rouge intense. Négligeant son fauteuil, il se plante devant moi, une fesse en appui sur le bureau. Il a sans doute l'intention de m'intimider. On voit qu'il n'a jamais partagé la chambre de Julio. Et si Julio ne m'intimidait pas, Meyer n'a aucune chance d'y parvenir.

– Pourquoi t'en es-tu pris à Drew Rudolph ?

Je ne peux pas lui dire la vérité. Si tout se savait, Leah pourrait être impliquée. Ainsi que Kendra. Et Maggie. Leah est tellement bizarre que je ne sais pas ce qu'elle irait raconter. Finirait-elle par avouer qu'elle a renversé Maggie ?

– Je ne sais pas, dis-je bêtement.

Meyer se calme, mais il a l'air embarrassé.

– Que vais-je faire de toi, Becker ? Un parent a téléphoné pour se plaindre que tu avais poussé son fils à consommer de l'alcool. Une autre plainte a été déposée par l'entraîneur de l'équipe de lutte de Fremont… au sujet d'une attaque à l'encontre de l'un de ses meilleurs joueurs. Tu marches sur des œufs, Caleb, et si tu continues tu vas t'enfoncer définitivement dans la délinquance. Tu ne comprends pas que la personne à laquelle nuit ton comportement, c'est toi ? À moins que tu ne me fournisses une explication valable, je serai contraint de te renvoyer.

Me renvoyer ? Oh, merde. J'aimerais me défendre, mais à quoi bon ? Il ne me croirait pas, de toute façon. Alors je garde le silence.

– Tu n'as rien à répondre à ces accusations ?

– Non.

– Caleb, va t'asseoir à l'extérieur pendant que je me renseigne sur la marche à suivre.

Me voilà une nouvelle fois coincé sur une chaise métallique. Des portes closes, des chaises en fer, je connais la chanson.

La porte s'ouvre, et je lève les yeux.

Maggie surgit à quelques pas de moi. J'observe son profil. Ses pommettes saillantes et son nez droit avec sa petite bosse au milieu, comme si Dieu avait voulu l'empêcher d'être parfait. Sans cette imperfection, Maggie ne serait pas Maggie. Ses charmes ne sont pas aussi évidents que ceux de Kendra, mais elle a quelque chose de spécial. Chacune de ses caractéristiques reflète ce qu'elle est. Sauf les cicatrices.

Ces cicatrices que j'aimerais pouvoir effacer en un claquement de doigt en les transférant sur mon propre corps.

Maggie est concentrée sur une brochure posée sur le comptoir du secrétariat. Ses cheveux retombent sur son visage comme un rideau de fer. Je fais à peine attention aux autres filles. Il commence à y avoir du monde, ici.

Mme Gibbons, le professeur d'arts plastiques, frappe à la porte de M. Meyer, qui lui crie d'entrer.

– Nous avons un problème avec des filles de terminale.

Elles entrent en file indienne. Kendra affiche un air de défi, Hannah semble effrayée, et Sabrina reste indifférente. Maggie, elle, paraît résignée à affronter la suite.

Les filles ressortent quelques minutes plus tard. Maggie ne me regarde pas.

– Becker, c'est ton tour, m'appelle Meyer.

J'entre dans son bureau et m'assois sur une chaise. Je repose mes coudes sur mes genoux en repensant à ce qu'il m'a dit : que si je continue comme ça, je cours droit vers la délinquance. Maggie avait raison.

J'ai effectué toutes mes heures de travaux d'intérêt général, mais je n'ai pas encore reçu mes papiers de libération définitive. Damon va me tuer quand il apprendra que je me suis bagarré. Que va-t-il se passer quand je devrai retourner à l'E.P. ? J'espère que maman et Leah ne vont pas devenir dingues.

Percevant des bruits de talons, je lève la tête. Ma mère se tient dans l'embrasure de la porte. Les lèvres pincées, elle chancelle comme une femme qui sait qu'elle a perdu le contrôle de la situation.

– Ah, madame Becker ! Je vous remercie d'être venue aussi rapidement, l'accueille Meyer.

Ma mère acquiesce en se tenant à la porte.

– Dois-je le ramener à la maison ?

Le proviseur s'approche de ma mère et pose une main sur son épaule pour la soutenir.

– Le garçon qu'il a agressé n'a déposé aucune plainte pour l'instant, mais le règlement m'oblige à lui refuser l'accès à l'établissement tant que cette affaire ne sera pas réglée. Je vous appellerai dès que j'aurai consulté le recteur de l'académie pour vous informer de la durée de son renvoi.

Ma mère fait un signe de tête, avant de poser fixement les yeux sur moi. Elle a l'air fatigué. Les rides sous ses yeux, et au coin de sa bouche, se sont creusées. Je me rends compte que j'ai porté atteinte à sa joie de vivre.

Dans la voiture, des larmes silencieuses s'échappent de ses yeux épuisés. J'ai envie de m'enfuir. Je ne peux ni l'apaiser, ni lutter contre ces foutaises qui résument désormais ma vie.

La nuit tombe, et je suis toujours assis dans ma chambre quand on frappe à la porte.

– Caleb, ouvre-moi, demande la voix familière de mon conseiller de transition.

Super, c'est au tour de Damon de me réprimander.

– J'arrive, dis-je sèchement.

Si vous n'avez jamais vu le visage d'un homme noir virer au rouge sous le coup de la colère, c'est que vous n'avez jamais croisé Damon quand il est énervé.

– Qu'est-ce que c'est que ce bordel ? J'ai reçu un coup de fil de ton proviseur, cet après-midi. Il m'a raconté que tu étais suspendu pendant deux semaines. Tu as envie de retourner à l'E.P. ou quoi ?

– Bien sûr. Où sont les menottes ? dis-je en lui tendant les poignets.

Damon colle son visage au mien.

– Écoute-moi, le rebelle, ça ne me dérange pas de te coller les menottes et de ramener ton petit cul en taule. Mais on dirait que tu as oublié que ton dix-huitième anniversaire approche à grands pas. Tu devines quel genre de cadeau te réserverait l'État de l'Illinois ? Le droit d'être transféré dans la prison des grands. La prison des adultes, où les taulards ont leur propre règlement et où pas une seule journée ne passe sans qu'on te menace ou qu'on te force à faire toutes les saloperies dont tu as entendu parler. Je ne veux pas que tu ailles là-bas, Caleb, parce que tu y entrerais en petit malin égaré pour en ressortir en salopard endurci. Ils te mangeraient tout cru, là-bas, et personne ne pourrait sauver ta peau. Tu m'entends ? Maintenant, raconte-moi ce qui t'a pris. Pourquoi t'es-tu battu ?

J'ai tellement l'habitude de plaider coupable que parfois j'oublie de dire la vérité. Je regarde Damon dans les yeux, sans chercher à mentir.

– Drew a insulté Maggie et j'ai voulu la protéger.

Damon prend place à mon bureau et se masse le front, un peu comme Meyer cet après-midi.

– À quoi tu joues, bon Dieu ? C'est ta victime. Tu l'as renversée avec ta voiture.

– Ce n'est pas moi.

– Quoi ?

– Je n'ai pas fait exprès, je veux dire.

– Je ne sais pas ce que tu trafiques, mais ça ne me plaît pas. Si tu n'arrives pas à oublier cette fille, quitte la ville. Elle a appelé ce matin pour dire qu'elle se sentait en danger. Elle t'accuse d'avoir eu des gestes déplacés, d'ordre sexuel, envers elle. Elle prétend que tu la harcèles.

– Quoi ?

Damon me regarde dans les yeux.

– Maggie Armstrong a dit qu'elle allait déposer plainte contre toi. Oh, ne prends pas cet air choqué, Caleb ! Qu'espérais-tu ? Quand on refuse de suivre les règles, il faut en assumer les conséquences.

Tout devient tellement compliqué. J'ai la gorge serrée. Maggie me haïrait donc au point de vouloir me renvoyer en prison ?

– As-tu eu des rapports sexuels avec elle ?

M'asseyant sur le lit, je me prends la tête entre les mains. Pitié, dites-moi que tout cela n'est qu'un mauvais rêve…

– Tout dépend de ce qu'on entend par rapport sexuel.

– Ne fais pas le malin avec moi, Becker.

– Je n'ai pas couché avec elle.

– L'as-tu harcelée ?

Je secoue la tête.

– Nous sommes sortis ensemble. C'était une relation voulue par nous deux. Mais rien de poussé. Et c'est fini. Terminé.

– Comment est-ce que ça s'est terminé ?

– Brusquement.

Damon soupire, mécontent, avant de sortir des feuilles de son attaché-case.

– J'ai tes papiers de libération. Signés. Tu as terminé tes heures.

Je regarde les formulaires comme des anges venus du ciel, mais dans ma tête, tout est embrouillé. Je croyais que notre histoire, à Maggie et à moi, avait un sens particulier. Est-il possible qu'elle m'ait séduit uniquement pour se venger ? Merde…

– Tu es libre, mais nous avons un petit problème. Tu ne peux pas retourner à l'école. Caleb ?

– Ouais…

– Tout le monde n'est pas contre toi, tu sais.

Je hoche lentement la tête. Pour l'instant, j'ai du mal à y croire. Quand je suis sorti de prison, j'étais décidé à tout arranger. Et tout ce que j'ai réussi à faire, c'est me battre et me mettre tout le monde à dos. Manifestement, je cours à ma perte.

Après le départ de Damon, je descends à la cuisine. Ma mère est appuyée contre l'évier, en train d'avaler plusieurs comprimés qu'elle fait passer avec un verre d'eau.

– Maman, qu'est-ce que tu fais ?

– Je prends des médicaments contre la tension et le stress.

Je m'empare du flacon.

– Rends-moi ça ! ordonne-t-elle.

Je lis les noms, sur l'étiquette. Diazepam. Valium.

– Depuis combien de temps prends-tu ces cachets ?

– Rends-les-moi, répète-t-elle en m'arrachant le récipient des mains.

– Tu pourrais faire une overdose avec ces saloperies, maman. C'est dangereux.

Son rire vient de si loin qu'il manque de l'étrangler. Elle tousse.

– Est-ce pour cela que tu m'évites ? Tu es devenue accro à ces pilules ? Putain, mais comment ne l'ai-je pas compris plus tôt ?

– Ce n'est plus un secret, maintenant.

– Est-ce que papa est au courant ?

– À ton avis ? Il n'y a qu'avec ça que j'arrive à garder le sourire du matin au soir. Ton père n'aime pas devoir penser à ce qui ne va pas. Il est trop occupé. J'ai tout raté, n'est-ce pas ? Je suis une mauvaise épouse, une horrible mère… pas étonnant qu'on m'ait virée de l'association des auxiliaires de vie, hein ?

– Cesse de t'inquiéter de ce que pensent les autres ! Tu es en train de tuer toute la famille avec ça !

– Et toi, as-tu pensé à ta famille au moment où tu as renversé Maggie ? murmure-t-elle avec dégoût.

– On ne parle pas de moi, maman.

– Tu ne comprends donc pas, Caleb ? Nous sommes quatre à vivre sous ce toit, et nous sommes des étrangers. Il est question de nous tous et de chacun en particulier.

Je ne sais plus qui je suis. Je pensais le savoir, mais depuis que Maggie m'a trahi, je suis revenu à la case départ. Ma mère, tremblant de désespoir, me tourne le dos. Je m'approche pour la prendre dans mes bras et lui promettre de l'aider. À ma grande tristesse, elle se raidit dès que je pose une main sur elle.

– Ne me touche pas.

Je recule. Tout tombe en ruine autour de moi. Jamais je ne réussirai à tout réparer, même en faisant tout mon possible.

– Ne m'attends pas pour aller te coucher, dis-je d'une voix grinçante avant de m'élancer dans l'escalier.

Je frappe avec virulence à la porte de Leah.

– Ouvre !

– Qu'est-ce que tu veux ? demande-t-elle.

– Ouvre cette porte ou je la défonce.

Elle ouvre enfin.

– Quoi ?

– Depuis combien de temps est-ce que maman se gave de médicaments ?

Elle hausse les épaules.

– Depuis ton jugement. Elle a arrêté pendant quelque temps, mais elle a repris quand tu as été relâché.

– Comment peux-tu rester là sans rien faire, comme si c'était sans importance ?

Leah me dévisage et penche la tête.

– Quand elle en prend trop, elle ne pose plus de questions.

Hein ? Je regarde ma sœur comme si elle était devenue le fantôme d'une personne que j'aurais connue il y a très longtemps.

– Ça t'arrive d'ouvrir les yeux ?

Elle hausse les épaules.

La saisissant par les bras, je hurle :

– Grandis et assume tes actes, Leah. Sois responsable, pour une fois !

Des larmes coulent sur ses joues. Je ne suis pas fier de l'avoir fait pleurer, mais la voir exprimer une émotion me réjouit. Ses sentiments sont en conflit avec les miens, au point qu'il nous est devenu impossible d'être proches. Pourtant, une partie de ma sœur jumelle a toujours été en moi et sa tristesse est devenue mienne, quoique dans l'immédiat je ne veuille pas en entendre parler.

Je la laisse en sanglots et je quitte la maison pour me retrouver dans la rue.

J'ai déjà dépassé une dizaine de maisons quand je prends conscience de ma destination. Mes pas m'entraînent vers le domicile de Mme Reynolds. C'est la seule personne qui puisse m'aider. Elle acceptera peut-être que je vive chez elle, dans la petite chambre au-dessus du garage.

J'attends vingt minutes le bus pour Hampton. C'est long, mais dès que la maison de la vieille dame est en vue, je me sens mieux.

Je sonne, en espérant qu'elle m'entende. Je devrais lui installer une de ces lampes qui s'allument toutes seules à l'approche des visiteurs…

Je sonne une seconde fois, et la porte s'ouvre sur le patron de Chez Tante Mae.

– Est-ce que Mme Reynolds est là ?

– Tu es Caleb Becker ?

– Oui, je...

– Comment se fait-il que tu connaisses ma mère ?

– J'ai travaillé pour elle, dis-je en enfonçant mes mains dans mes poches.

Confus, il hésite avant de sourire.

– C'est toi qui as bâti le belvédère ?

– Ouais.

– Pendant que Maggie Armstrong travaillait ici ? Vous travailliez ensemble, c'est ça ?

– Avec Mme Reynolds.

– Savait-elle que c'est toi qui as renversé Maggie ? Oh, oublie ma question. Je vois à ta tête qu'elle était au courant. Elle a dû essayer de tout arranger, j'imagine ?

– Oui, monsieur. J'aimerais parler à Mme Reynolds.

– Elle est décédée hier matin.

Non, c'est impossible ! Un trou se forme dans ma poitrine et aspire tout le sang qui coule dans mes veines.

– Ma mère a fait une crise cardiaque dans son sommeil. Je ne sais pas ce qui s'est passé dans cette maison, mais la mère de Maggie ne veut plus que tu l'approches. Respecte leur famille, et laisse-la tranquille.

– Pas de problème, dis-je en marmonnant. Aucun problème...

42

MAGGIE

Après les cours, je suis allée chez Tante Mae et M. Reynolds m'a remis les clés de la Cadillac de sa mère. J'ai protesté, mais il m'a assuré qu'elle aurait voulu qu'elle me revienne.

C'est ainsi que maman profite de sa pause pour me conduire chez Mme Reynolds et m'aide à ouvrir le garage. Je souris devant la voiture qui me rappelle le jour où la vieille dame m'a aidée à surmonter ma peur de conduire.

– Tu te sens prête ? demande maman.

– Oui. Allez, retourne au travail. Je vais me débrouiller.

– Maggie, tu es particulièrement forte ces derniers temps, mais pour conduire, je ne sais pas...

Le moment est venu de lui expliquer l'état d'esprit dans lequel je suis. J'ai tenté de me contrôler pour l'épargner, mais désormais je crois que je lui ferais plus de mal en continuant à me taire.

– J'ai besoin d'espace, maman, dis-je en appréhendant sa réaction.

Malgré son air dubitatif, je vois qu'elle cherche à comprendre.

– J'ai eu du mal à l'accepter moi-même, mais maintenant j'y arrive. J'accepte mon corps et ses limites. Je suis moi... la nouvelle moi. Je ne suis peut-être pas parfaite mais ça ne me dérange pas. Il est temps que j'arrête de fuir la réalité, tu ne crois pas ?

Une larme coule sur sa joue. Elle me sourit, avec une chaleur qui illumine son regard.

– Cet accident a tué toute une partie de toi...

– Parce que je n'ai rien fait pour empêcher cela.

Nous sommes toutes les deux en larmes. Je l'enlace longuement.

Après quelques minutes, elle remonte en voiture et s'éloigne, me laissant l'espace dont j'ai besoin. Je pose un long regard ému sur le jardin. Le belvédère, dressé comme un château au milieu de la pelouse. Les parterres de fleurs, tout autour. Les bulbes en hibernation, qui attendent patiemment l'heure de percer la terre pour prendre leur essor.

J'ai l'impression d'avoir éclos. Pour m'extraire de ma phase d'hibernation, il m'a fallu une histoire d'amour et l'aide d'une vieille dame, mais j'y suis tout de même arrivée.

Alors que je longe prudemment les terrains de basket du parc municipal, j'aperçois Caleb et je m'arrête à sa hauteur. Je veux lui dire que je ne lui en veux pas de m'avoir trahie. Que je l'oublierai et qu'avec le temps, tout finira par rentrer dans l'ordre. Je vais connaître d'autres amoureux et d'autres aventures, d'autres moments de confiance, d'insouciance et de bonheur. Je suis une survivante. Même si je boite.

Je descends de voiture en rassemblant tout mon courage et marche vers lui, qui continue à dribbler comme s'il ne m'avait pas vue.

– Caleb !

– Pourquoi est-ce que tu ne m'as rien dit pour Mme Reynolds ?

– Je voulais le faire, mais je n'en ai pas eu l'occasion, dis-je en continuant d'avancer.

– Ne m'approche pas, si tu ne veux pas que je te harcèle.

Ça, je le mérite. Hier, je l'ai giflé quand il a voulu m'aider. Mais c'était avant que je mette tout à plat dans ma tête.

– Il paraît que tu as eu des ennuis.

– Tu es venue pour enfoncer le clou ou pour une partie de basket ?

– Tu sais très bien que je ne peux pas jouer.

Il me toise des pieds à la tête.

– Oh, si, tu peux jouer, Maggie. Peut-être pas au basket, mais tu maîtrises des jeux plus complexes.

– De quoi parles-tu ?

Il coince le ballon sur sa hanche avec un air moqueur.

– Ne me dis pas que tu as peur de moi ?

J'avance vers lui, le menton levé, pleine d'assurance.

– Je n'ai pas peur de toi.

Il me toise avec le même aplomb.

– Prouve-le.

– Comment ?

Il envoie le ballon sur le côté du terrain et fait quelques pas dans ma direction.

– Devine.

J'ai du mal à respirer, soudain.

– Je... je ne sais pas de quoi tu parles.

– Tu ne devines pas ?

– Tu veux que je t'embrasse ? dis-je le souffle court.

– Tu m'as anéanti, tu le sais, non ? affirme-t-il avant que, me hissant sur la pointe des pieds, je pose mes lèvres sur les siennes.

Me prenant par la taille, il me plaque contre lui. Je sens sa force sur mon corps. Mes doigts enserrent ses biceps. Je m'abandonne à son étreinte protectrice, à l'odeur et au goût uniques de Caleb Becker.

Il m'embrasse violemment. Avec colère. Je recule tout en le repoussant, chancelante.

– Que fais-tu ?

Il s'essuie la bouche du plat de la main.

– Je veux être sûr de te faire peur. C'est bien ce que tu veux, non ? Comme ça, tu peux continuer à affirmer que la victime, c'est toi.

Nous nous toisons du regard. Lequel contrôle l'autre ? L'assaillant face à la victime. Le garçon ou la fille ?

Il reprend son ballon.

– Rentre chez toi, Maggie. Tu as eu ce que tu voulais.

C'est alors qu'un mouvement attire mon attention. C'est Leah qui vient vers nous.

– Caleb, les parents veulent que tu rentres. Tout de suite.

Je me recoiffe, lisse mon pantalon, m'éclaircis la

gorge. Je fais tout mon possible pour éviter de les regarder.

Puis je retourne à la voiture, aussi vite que possible.

43

CALEB

– Tu ne lui as pas dit que c'était moi qui l'avais renversée, j'espère ? demande Leah tandis que Maggie s'enfuit du parc.

Je secoue la tête.

– Mais vous deux… À ta façon de la regarder, j'ai deviné.

– Quoi ? dis-je rapidement avant de la regarder dans les yeux.

Je prends le chemin de la maison, ma sœur sur les talons.

– Si tu fréquentes Maggie, tu risques de démolir notre famille, Caleb.

– Lâche-moi, Leah. Franchement. J'en ai plus qu'assez.

Mes parents m'attendent sur le pas de la porte. Mon père est raide comme la justice. Ma mère se tient près de lui, visiblement à côté de ses pompes.

– Où étais-tu passé, hier soir ? me demande mon père comme si j'avais commis un crime.

– Je suis allé voir une vieille amie. Et alors ?

Ma mère l'interroge d'un coup d'œil. J'écarte les bras dans un geste d'impuissance.

– Quoi ?

– J'ai vu Maggie revenir du parc, explique mon père.

– Et alors ? Les gens ont le droit de se promener, que je sache.

Ma mère serre ses bras autour d'elle et s'accroche à son pull.

– Nous ne voulons pas que tu aies des ennuis, c'est tout. Les gens racontent des choses…

– À quel sujet ?

– Je n'ai pas envie d'en parler, termine maman en s'apprêtant à rentrer.

– Déballons tout, au contraire. C'est le moment.

– Caleb, s'il te plaît, moins fort, susurre-t-elle avec anxiété.

Elle lance des regards inquiets sur les maisons voisines. Il ne faudrait pas qu'un témoin assiste à la scène. J'aimerais tant qu'elle cesse de s'inquiéter des apparences et qu'elle admette que sa famille s'écroule.

– Alors, qu'est-ce qu'on raconte ?

– Rien, Caleb. Tout va bien. Maintenant, arrête ce petit jeu idiot, reprend-elle.

Avançant jusqu'au milieu du jardin, je crie de toutes mes forces :

– Est-ce qu'on raconte que je cherche la bagarre, au lycée ? Est-ce qu'on raconte que je harcèle Maggie ? Que je force mes amis à boire de l'alcool ? Vous croyez que tout cela est vrai ? Vas-y, maman, crache le morceau !

– Tu dépasses les bornes ! s'exclame mon père en s'interposant. Va te calmer à l'intérieur. Tu présenteras des excuses à ta mère avant le dîner.

Je craque, comme un élastique sur lequel on a trop forcé qui céderait violemment. Embrasser Maggie, être renvoyé de l'école, Kendra qui me manipule, l'avertissement de ma sœur, l'incapacité de mes parents à affronter la réalité, les problèmes de dépendance de ma mère, les mensonges, les commérages… Il y a de quoi devenir dingue.

– Je ne bougerai pas d'ici avant qu'on ait tous vidé nos sacs, dis-je en me tournant vers ma sœur.

– Caleb ! hurle-t-elle. Arrête, s'il te plaît !

Mon père est de plus en plus tendu et son regard se durcit.

– Ici, c'est chez moi. Aussi longtemps que tu vivras dans cette maison, Caleb, tu devras respecter mes règles. Maintenant, tu vas filer à l'intérieur, laisser ta mère en paix, et… te… calmer !

J'avale péniblement ma salive. Ça ne va pas être facile, mais je ne peux plus me taire. Ma famille est déglinguée, chacun de nous l'est. Ils veulent rester dans l'ignorance, nier la réalité et vivre dans leur monde imaginaire. Mais c'est tricher, c'est malsain et… j'en suis incapable. Je suis la racine de leurs problèmes ? Soit. Il n'y a qu'en arrachant la racine que je les débarrasserai du mal qui les ronge.

– Je m'en vais.

Je songe à Maggie. La seule fille dont je pensais, auparavant, qu'elle ne valait pas qu'on s'intéresse à elle. En vérité, c'est la personne la plus forte des environs. Elle a voulu m'ouvrir les yeux sur Kendra, avant l'accident. Elle va à l'école malgré les moqueries des autres lycéens. Et elle a travaillé dur chez Mme Reynolds pour réaliser son rêve de partir en Espagne. L'accident l'a rendue plus forte. Et moi aussi, elle m'a rendu plus fort.

– Où vas-tu ? demande mon père.

– À l'intérieur, prendre mes affaires. Ensuite, je m'en irai. Je ne peux pas vivre dans la honte et le déni. Et tu ne devrais pas l'accepter, toi non plus.

– C'est ainsi que nous sommes désormais, mon fils. L'accident nous a changés... Nous allions très bien avant que tu ne fiches tout en l'air.

Je secoue la tête.

– Tu n'as pas envie que tout redevienne comme avant ? Je ferais n'importe quoi pour que notre famille soit de nouveau normale.

– Tu aurais dû y penser avant de renverser Maggie, tu ne crois pas ? Je n'aurais jamais imaginé dire ça à mon propre fils, mais... Caleb Becker... tu n'es qu'un sale égoïste.

Tournant le dos à ma famille, je monte dans ma chambre. Dans un sac à dos, j'entasse des affaires sans réfléchir. Cinq minutes plus tard, je pose un dernier regard sur ma chambre.

Mon sabre laser est toujours à sa place sur l'étagère, immobile, comme s'il allait attendre mon retour. Mais cette fois-ci, je ne reviendrai pas. Je souhaite qu'après mon départ, ma mère n'ait plus besoin de se droguer pour supporter l'existence, et que Leah puisse vivre sa vie comme elle l'entend. Quant à mon père... un jour ou l'autre, il devra regarder les choses en face. Quand il sera prêt.

Il ne tient qu'à moi, désormais, de tracer ma propre route et de faire fi du passé. La vie d'avant, c'est fini. Rien à foutre d'être normal. Rien n'est normal. La famille de Caleb Becker n'existe pas. Je suis seul, à présent.

Avec un soupir déterminé, j'enfourne le sabre laser dans mon sac et je sors. Devant la porte d'entrée, Leah me bloque le passage.

– Ne t'en va pas, supplie-t-elle.

– Écarte-toi de mon chemin.

– Maman et papa ont besoin de toi, Caleb. J'ai besoin de toi.

– Maman et papa iront très bien. Ils aiment vivre dans le déni. Et toi...

Je la dévisage de haut en bas.

– Il faut que tu tournes la page. L'accident, c'est derrière toi. Regarde la réalité en face avant que des gens comme Kendra ne te forcent à le faire. Je ne serai plus là pour te protéger.

Je la contourne, et je sors. Je n'ai aucune idée de l'endroit où je vais, ni de ce que je vais faire, mais je me sens libre. Mon bagage sur l'épaule, je m'éloigne. En passant devant la maison de Maggie, je n'arrive pas à la distinguer mais je sais qu'elle est là.

Je lui fais un au revoir de la main, sans m'arrêter.

Cette nuit froide et solitaire, je la passe dans le belvédère de Mme Reynolds. J'admire le ciel quand une étoile filante passe devant mes yeux. La vieille dame viendrait-elle de me faire signe ?

44

MAGGIE

Hier soir, sur le terrain de basket, Caleb m'a embrassée. Et je lui ai rendu ses baisers. Incroyable ! Moi qui pensais ne plus avoir besoin de lui. J'aurais pu m'essuyer les lèvres et les laver avant d'aller me coucher, mais j'ai préféré me regarder longuement dans le miroir. Ma bouche est encore toute gonflée, en rappel de son ardeur et de sa gourmandise.

Pendant des années, j'ai imaginé l'effet que me feraient les baisers de Caleb, leur goût. Pour être honnête, j'ai eu envie de le repousser, pour qu'il ait envie de moi comme j'avais eu envie de lui. Mais je n'ai pas réussi.

Des images de l'enfance me sont revenues. Le jour où Caleb m'a encouragée à descendre de l'arbre devant chez moi. Ou la fois où il a endossé la responsabilité de la statue cassée. Je n'arrive pas à oublier ces moments où je fondais en larmes devant Leah, au moment du divorce de mes parents, et où il me rassurait en me frottant le dos.

L'accident a guidé ma vie pendant un an. Il m'a modelée pour faire de moi ce que je suis. Mais j'ai repris ma vie en main.

Assise sur mon lit, je relève la jambe de mon pantalon. Désormais, ma rage s'est apaisée et mon cœur ne s'emballe plus à la vue de mes cicatrices. Elles ne m'effraient plus. Je parviens à suivre leur tracé du bout des doigts, sans souhaiter leur disparition. Elles font partie de moi.

Fermant les yeux, je repense à l'accident. C'est tellement étrange de songer à cette soirée sans être submergée par des sentiments sombres. Derrière mes paupières closes, l'image de Caleb conduisant la voiture ressort avec précision. Mais quelque chose ne va pas.

Un frisson me parcourt.

En me concentrant, l'image du conducteur se précise, le brouillard se dissipe.

C'est Leah ! Je distingue l'horreur et la peur dans ses yeux alors qu'elle perd le contrôle du véhicule.

C'est Leah qui m'a percutée ce soir-là !

Pas Caleb !

Mais pourquoi aurait-il… ? Pourquoi auraient-ils… ? Je n'y comprends rien.

On sonne à la porte au moment où je m'égare dans mes réflexions. Mon estomac se serre. J'ai envie de vomir. Je ne peux pas, ma mère m'appelle du rez-de-chaussée. Je surgis, et manque de tomber devant l'homme et la femme en costumes bleu marine assortis qui m'attendent.

– Maggie, nous représentons le centre de détention pour mineurs de l'Illinois. Nous venons enquêter sur la plainte que vous avez déposée contre Caleb Becker.

– Je n'ai déposé aucune plainte.

La femme sort un dossier de sa mallette.

– Ce formulaire a été rempli suite à votre appel. Vous vous êtes plainte que Caleb Becker vous harcelait.

Je secoue la tête en regardant ma mère, horrifiée.

– Je n'ai appelé personne, maman. Je te jure que je ne les ai pas appelés.

– Tu es sûre ? Il ne faut pas avoir peur, Maggie. Nous sommes là pour nous assurer que tu es en sécurité, affirme l'homme.

– Je n'ai pas peur de Caleb. Nous sommes amis.

– Veuillez excuser ma fille. Elle ne sait pas ce qu'elle dit. Elle a reçu l'ordre de n'avoir aucun contact avec ce garçon. N'est-ce pas, Maggie ? intervient ma mère.

– Maman..., dis-je en me mordant la lèvre.

– Maggie ?

Le parc, hier soir. Je comprends tout. Pourquoi il n'était pas clair. Il a dû me haïr en découvrant que j'avais porté plainte contre lui. Pourtant, je suis incapable de lui nuire. Kendra, elle, pourrait lui faire du tort. Moi, jamais.

– J'ai besoin de le voir.

– Maggie, reviens ici !

Je me précipite vers la maison des Becker. Sa mère m'ouvre la porte.

– Est-ce que Caleb est là ? J'ai besoin de lui parler.

Vous devez m'en vouloir de l'avoir envoyé en prison, mais je crois que c'était une erreur et…

– Caleb est parti, dit-elle froidement, avec un sourire forcé. Il n'est plus ici.

Ma mère me rejoint, suivie de près par les enquêteurs. Elle regarde notre voisine d'un air étrange.

– Penny, qu'est-ce qui t'arrive ?

À peine a-t-elle terminé sa phrase que Mme Becker s'effondre dans ses bras, évanouie. Elle pousse un cri, et les enquêteurs l'aident à la transporter à l'intérieur.

Pendant qu'ils sont penchés sur elle, je recule de quelques pas. Qu'a-t-elle voulu dire par « Caleb est parti » ? Rapidement, je vais chercher les clés de ma voiture. Je dois me rendre chez Mme Reynolds. Vite.

Une fois sur place, je vérifie le garage, le belvédère… Caleb n'est pas là.

Depuis le début, j'ai reproché à Caleb de m'avoir renversée, sans douter de sa culpabilité. Certes, il a plaidé coupable, mais quelque chose ne collait pas. Ce que j'ai pris pour une absence de remords était, en fait, une réelle innocence.

Je parcours Paradise dans tous les sens. À chaque carrefour, je m'effondre un peu plus. Je cherche Caleb, ou un signe de sa présence. Involontairement, je me retrouve à l'endroit précis où ma vie a basculé.

Sur les lieux de l'accident.

Les empreintes du dérapage sont encore visibles, comme un triste rappel des faits. Je ne suis pas revenue ici depuis la fameuse nuit. Descendant de voiture, je marche jusqu'aux traces et les observe pendant un long moment. Vont-elles finir par s'effacer ?

Je connais la réponse. Les cicatrices visibles ne sont pas aussi profondes que les blessures émotionnelles que doivent combattre Leah et Caleb. Je désire ardemment les soutenir, comme Caleb m'a aidée. La leçon la plus importante de ces derniers mois, c'est que l'amitié n'a pas de prix. Avec l'aide de ceux qu'on aime, on peut tout supporter, même les douleurs les plus vives. Mes amis ont besoin de moi, autant que j'ai besoin d'eux. Leah me manque, car elle était ma confidente, ma meilleure amie. Et l'amour que j'éprouve pour Caleb est éternel. Il ne s'estompera jamais, que je le veuille ou non.

– Maggie !

Caleb est à bord d'une Toyota noire en compagnie d'un garçon que je ne connais pas. Il demande à son compagnon d'arrêter la voiture, puis il vient vers moi. Triste, seul et soucieux.

– Comme c'est étrange de nous retrouver ici ! s'exclame-t-il.

– C'est ici que tout a commencé… Je n'ai pas porté plainte contre toi, dis-je immédiatement. Des enquêteurs sont venus chez moi, ce matin, pour m'interroger au sujet d'une plainte que j'aurais déposée. Je leur ai dit que je n'avais pas appelé, puis j'ai compris que tu avais dû croire que c'était moi et…

Caleb pose un doigt sur mes lèvres pour me faire taire.

– C'est sans importance.

– Mais si, c'est important ! J'ai confiance en toi. N'est-ce pas l'essentiel ? La confiance et l'honnêteté ?

J'ai besoin de le lui prouver, de lui montrer que je n'ai plus peur. Retroussant la jambe de mon pantalon, je lui dévoile mes cicatrices.

Compatissant, il plisse les yeux comme s'il venait de me blesser. Je lui prends la main et ensemble, nous suivons les cicatrices boursouflées de nos doigts enlacés.

– Je ne veux plus rien te cacher. Tu es d'accord, Caleb ? Plus de secrets, plus de mensonges ?

J'ai besoin qu'il me dise la vérité sur cette fameuse nuit. J'ai besoin de l'entendre de sa bouche, avec ses mots à lui. *Dis-moi que tu ne m'as pas renversée. Dis-moi la vérité,* ai-je envie de réclamer.

– Hé, *amigo, vamónos ?* crie un passager de la voiture.

– Qui est-ce ?

– Rio.

– Mais encore ?

– Il vaut mieux que tu ne le saches pas, Maggie. Il faut que j'y aille.

Je lève les yeux vers son visage si beau, si intense. Je ne rêve pas. Je sais qu'il ne révélera jamais le secret qu'il porte en lui. Cet esprit féroce et protecteur fait partie de lui, et il ne peut pas lutter contre sa nature.

– Où vas-tu ? Quand reviendras-tu ?

– Je ne reviendrai pas.

À son air grave, je comprends qu'il en est convaincu. Les larmes inondent mon visage.

– Tu ne peux pas me laisser. Pas maintenant.

J'ai envie de le supplier, de m'agripper à lui jusqu'à

ce qu'il change d'avis. Je veux jouer au tennis avec lui aujourd'hui, et demain, et le jour suivant.

Avec tendresse, il essuie mes larmes.

– Alors viens avec moi.

Les rôles viennent de s'inverser cruellement.

– Tu avais raison quand tu disais que partir était une échappatoire. Je vais rester à Paradise jusqu'au bac, et je vais garder l'argent que m'a donné Mme Reynolds pour payer mes études.

– Becker, tu viens ou quoi ? s'impatiente le conducteur.

– Ouais, j'arrive, répond Caleb en hochant la tête.

Je me penche pour plaquer mon front contre le sien.

– Dis-moi que notre histoire était sincère. Je t'en prie, dis-je dans un murmure.

Ses mains enserrent doucement mon visage, nous enfermant dans une bulle.

– Plus sincère que tout. N'en doute jamais, quoi qu'il arrive. D'accord ?

– Pour l'instant, je doute de tout. Pourquoi suis-je venue ici ?

– Parce que tu es prête à démarrer une nouvelle vie, Maggie. Tu t'es libérée du passé. Il ne peut plus te faire souffrir. Moi, si je veux être libre, je dois quitter Paradise.

Il m'embrasse. Son baiser est doux, chaleureux, nostalgique et chargé de remords. J'ai envie de le retenir pour le mettre en sécurité.

– Est-ce que cela signifie que nous sommes tous les deux libres ?

Il acquiesce, incapable de parler.

Je sais que jamais il n'écrira ni ne téléphonera. Il va couper les ponts avec sa famille et cette petite ville qui lui a fait tant de mal. Y compris avec moi. Je regrette tellement qu'il se soit porté responsable de mon accident. Mais je n'y peux rien.

Il se recule en me faisant un clin d'œil.

– Bye.

– Je refuse de te dire au revoir.

Il rit brièvement, sans cesser de reculer.

– Alors dis-moi quelque chose que je puisse garder comme tes dernières paroles. Dis-moi que tu m'aimes. Dis-moi que tu penseras à moi tous les soirs, avant de t'endormir. Dis-moi…

– La poule rousse s'est fait la malle.

Il rit.

– Je n'oublierai jamais Mme Reynolds, le belvédère, les jonquilles, toi et moi dans le belvédère…

Caleb m'adresse un dernier clin d'œil avant de me tourner le dos pour monter dans la Toyota. J'ai envie de lui hurler de ne pas me laisser. J'ai envie de le suivre et de dire adieu à mes projets de vie raisonnable. Que l'on vive ensemble dans la rue. Rester unis en toutes circonstances, puisque rien ne peut être plus horrible que la séparation.

Malheureusement, il n'a pas dit que c'était Leah qui m'avait renversée. En fin de compte, c'est lui qui a eu confiance, en moi… ou en lui-même.

Je sanglote, plus violemment qu'après l'accident. J'ai

mal à la tête, plus intensément que jamais je n'ai eu mal à la jambe.

– Caleb ! je hurle avant qu'il referme la portière.

Le souffle court, j'attends qu'il revienne vers moi. Qu'il se retourne. En vain.

La voiture s'éloigne dans un crissement de pneus, ses phares rouges devenant flous à travers mes larmes.

Au volant, par miracle, j'arrête de pleurer. Je sens en moi cette force dont je découvre l'existence. Comme si Mme Reynolds me chahutait pour m'empêcher de flancher. « La vie est trop courte », m'a-t-elle dit un jour. Elle avait raison. Je me gare dans l'allée, et je descends de voiture. Leah est là, devant chez elle, les yeux rougis par les larmes.

Je vais la rejoindre.

– Comment va ta mère ?

– Je crois que ça va. Ta mère est avec elle, répond-elle en haussant les épaules.

C'est déjà un pas dans la bonne direction. Il est temps d'abattre la frontière entre nos familles. Je lève les yeux vers ma plus vieille amie.

– Tu l'as vu ? demande-t-elle.

– Oui.

Se cachant les yeux, elle sanglote.

– Il faut que je te dise quelque chose de très, très important. Mais je ne peux pas te le dire en te regardant en face.

Je baisse ses bras pour libérer son visage.

– Tu n'es pas obligée de le dire maintenant. Nous pourrons en parler quand tu seras prête.

– Tu vas m'en vouloir, Maggie. Jusqu'à la fin de tes jours, tu vas me haïr.

– Je ne te haïrai pas. Je sais, Leah. Je sais ce que tu veux me dire.

– Tu le sais ?

– Oui.

– Vraiment ?

– Oui, et je te promets que notre amitié passe avant la rancune, ou avant le passé. Tu sais ce qui m'aide toujours dans les moments difficiles ?

– Quoi donc ?

– Me goinfrer de gâteaux.

Leah sourit tristement.

– Tu me fais marcher ?

– Je suis tout ce qu'il y a de plus sérieuse. Accompagne-moi chez Tante Mae. Allons chercher nos mères… Je crois qu'elles ont besoin de se faire plaisir, elles aussi.

PAPIER À BASE DE FIBRES CERTIFIÉES

Le Livre de Poche s'engage pour l'environnement en réduisant l'empreinte carbone de ses livres. Celle de cet exemplaire est de :
400 g éq. CO_2
Rendez-vous sur www.livredepoche-durable.fr

« Pour l'éditeur, le principe est d'utiliser des papiers composés de fibres naturelles, renouvelables, recyclables et fabriquées à partir de bois issus de forêts qui adoptent un système d'aménagement durable. En outre, l'éditeur attend de ses fournisseurs de papier qu'ils s'inscrivent dans une démarche de certification environnementale reconnue. »

Édité par la Librairie Générale Française - LPJ
(58 rue Jean Bleuzen, 92178 Vanves Cedex)

Composition Nord Compo
Achevé d'imprimer en Espagne par CPI
Dépôt légal 1re publication : mai 2016
66.7807.9/01 - ISBN : 978-2-01-393804-4
Loi n° 49-956 du 16 juillet 1949 sur les publications destinées à la jeunesse
Dépôt légal : mai 2016